MADEMOISELLE BONSOIR

suivi de

LA REINE DES GARCES

Paru dans Le Livre de Poche :

Romans, nouvelles et essais

L'ARRACHE-CŒUR
BLUES POUR UN CHAT NOIR
CHRONIQUES DU MENTEUR
CONTES DE FÉES À L'USAGE DES MOYENNES PERSONNES
ÉCRITS PORNOGRAPHIQUES
L'ÉCUME DES JOURS
ELLES SE RENDENT PAS COMPTE
ET ON TUERA TOUS LES AFFREUX
LES FOURMIS
L'HERBE ROUGE
J'IRAI CRACHER SUR VOS TOMBES
LE LOUP-GAROU ET AUTRES NOUVELLES
MANUEL DE SAINT-GERMAIN-DES-PRÉS
LES MORTS ONT TOUS LA MÊME PEAU
LE RATICHON BAIGNEUR
TRAITÉ DE CIVISME
TROUBLE DANS LES ANDAINS
ROMANS, NOUVELLES ET ŒUVRES DIVERSES *(La Pochothèque)*

Théâtre

L'ÉQUARRISSAGE POUR TOUS
suivi de SÉRIE BLÊME *et de* TÊTE DE MÉDUSE
LE GOÛTER DES GÉNÉRAUX
suivi de LE DERNIER DES MÉTIERS *et de* LE CHASSEUR FRANÇAIS
PETITS SPECTACLES

Cinéma

LA BELLE ÉPOQUE
CINÉMA SCIENCE-FICTION
RUE DES RAVISSANTES ET 19 AUTRES SCÉNARIOS

Poésie

CANTILÈNES EN GELÉE
CENT SONNETS
JE VOUDRAIS PAS CREVER

Musique

CHANSONS
LE CHEVALIER DE NEIGE – OPÉRAS
CHRONIQUES DE JAZZ
DERRIÈRE LA ZIZIQUE
ÉCRITS SUR LE JAZZ
EN AVANT LA ZIZIQUE…
JAZZ IN PARIS

BORIS VIAN

Mademoiselle Bonsoir

suivi de

La Reine des garces

PRÉFACES D'URSULA VIAN KÜBLER ET M. D'DÉÉ

Avant-propos de Nicole Bertolt

LE LIVRE DE POCHE

ISBN : 978-2-253-12897-7

PRÉFACE
d'Ursula Vian Kübler

Cela fait cinquante ans que Boris n'est pas mort. Pour célébrer cet événement, voici réunis deux inédits, conservés jusque-là pour le moment venu.

Ce « cadeau-surprise » s'ajoute à l'œuvre déjà publiée[1]. Ces deux inédits ont trait au théâtre.

Pour avoir travaillé sur les planches depuis mon plus jeune âge, dans la danse, la comédie et aussi le lyrique, au théâtre et à l'écran, je suis particulièrement sensible à tous les spectacles qui rassemblent, sur la scène ou sur la toile, les différentes disciplines si complexes à réunir dans une même œuvre.

Aussi, je suis très attachée à ce que Boris a écrit pour le théâtre ; c'était un plaisir pour lui ; j'aurais aimé interpréter quelques scènes qu'il aurait écrites à ma mesure. Nous en parlions, mais cela ne s'est pas fait, nous n'en avons pas eu le temps.

Boris aimait le spectacle vivant. Il fourmillait d'idées à ce sujet. Ses pièces sortent vraiment de l'ordinaire. Le non-sens et l'anticonformisme brûlaient les planches à Saint-Germain-des-Prés. Après le roman, il a beaucoup

1. Quinze tomes publiés entre 1999 et 2003 à la librairie Arthème Fayard, 33 titres parus dans Le Livre de Poche.

travaillé le théâtre. Son intérêt pour la scène l'a même propulsé sur les planches, lui aussi, pour chanter ses propres chansons, même si cela a été une épreuve pour lui. C'était dans l'air à cette époque. Ce temps semble revenir.

Ce retour est une bonne opportunité pour présenter ces œuvres théâtrales inédites.

Pour offrir ce présent au lecteur et le guider dans une découverte politiquement incorrecte, souhaitée par Boris, j'ai demandé à ma fidèle collaboratrice, Nicole Bertolt, d'en faire connaître l'historique.

Elle fait revivre les archives et les manuscrits de l'œuvre. C'est donc tout naturellement que ses connaissances l'ont désignée pour cette présentation.

J'ai aussi demandé à d'Déé d'y participer pour *Mademoiselle Bonsoir*. M. d'Déé est un complice des premières heures. C'est un homme du spectacle. Il connaît la scène, sa mise en œuvre, les acteurs, les décors, les costumes…

Il a des idées innovantes, cocasses, facétieuses, qui sortent la scène de l'ordinaire. Dans les années 1970, avec mon accord, il a travaillé à un essai d'actualisation de *Mademoiselle Bonsoir* à partir d'une des versions de Boris.

Aujourd'hui, il vous fera voir l'extraordinaire modernité de la pièce. Son approche est un peu folle, explosive, pleine de surprises, mais elle convient comme un gant « haute couture » à *Mademoiselle Bonsoir* et aussi à *La Reine des garces*.

PRÉFACE
de M. d'Déé

Quand j'étais petit, j'étais pas bien grand, j'étudiais les arts à Saint-Germain-des-Prés, j'y ai connu Boris Vian « sur le tas », *in situ* pourrait-on dire, mais aussi hors du temps.

Dans l'exception culturelle germanopratine, que les médias présumaient « existentialiste », Boris Vian brillait comme une icône, *urbi et orbi*, par-delà les prés paroissiaux du très saint père Germain. Pèlerin de Ville-d'Avray où il avait officié dans les « surboums » rituelles, Boris Vian était un drôle de paroissien. Écrivain de plume insolite et amphitryon des cryptes de Saint-Germain, il célébrait à la trompinette les saturnales du divin jazz, qu'agrémentaient les gymnopédies des « rats de cave ». Sans se départir de son acuité férocement laïque, il était d'une pratique amène et posait son regard bleu sur tout ce qui l'entourait ; même qu'il écrivit sur mes modestes talents quelques gentillesses, pérennisées dans ses bonnes feuilles.

Retenir un instant son attention était pain bénit, une gourmandise pour les néophytes *underground*.

Aujourd'hui, alors que je ne suis guère plus grand, mais bien plus âgé, il m'est donné d'écrire quelques lignes sur la « geste dramaturgique » du « prince de Saint-

Germain-des-Prés », comme l'honorèrent les gazettes. N'étant ni critique ou exégète de haut vol, ni agrégé de noble université, mais paré des plumes et paillettes de saltimbanque, pour avoir mis en scène avec quelque réussite *Le Goûter*… et *Les Bâtisseurs*… de Boris Vian, pour avoir présenté son théâtre chez Fayard et aussi pour avoir œuvré valablement dans les arts par-ci par-là, Mme Ursula Vian Kübler me permet d'aider le lecteur dans la quête des singularités de *Mademoiselle Bonsoir*.

Cependant, comme le prouve la ligne de conduite tenue depuis toujours par l'épouse de Boris Vian, nul n'a le monopole de la pensée de Vian, car son œuvre appartient au patrimoine littéraire mondial.

Comme la plupart des œuvres de Boris Vian, *Mademoiselle Bonsoir* est une œuvre à lectures multiples. Ainsi, chacun voit Boris Vian à son clocher, encore faut-il que les ouvertures en haut du clocher soient assez larges pour embrasser l'étendue de la pensée de Vian. C'est dire que mon approche de *Mademoiselle Bonsoir*, pour autant qu'elle soit singulière, n'a pas l'autorité d'une analyse coulée dans le bronze de la chose jugée. Mais est-ce une analyse ?

Mais on peut dire aussi que mon « regard » est agréable aux sentiments des ayants droit, pour s'être approché au plus près de la pensée de Vian. Puisse le lecteur accorder l'intérêt qu'il convient à mon regard sur *Mademoiselle Bonsoir*, regard d'un intermittent du spectacle vivant.

Contrairement à ce que l'on pourrait hâtivement croire, *Mademoiselle Bonsoir* n'est pas une comédie musicale de divertissement ordinaire. Loin s'en faut. C'est une œuvre qui s'apparente à une comédie dramatique lyrique. Il y a de l'opéra populaire dans son écriture. Son argumentation puise dans des faits divers populaires, toujours actuels et renouvelés au fil du temps. Elle montre l'exploitation à outrance de l'angélisme des masses pour les détourner de leurs soucis quotidiens. Du pain et des jeux !

Mademoiselle Bonsoir, satire de la société d'alors, se prête à une actualisation. Profitons de la liberté laissée par Boris Vian pour « revisiter » *Mademoiselle Bonsoir*.

Calé dans votre fauteuil, imaginez le spectacle sur les planches ou en Cinémascope.

Un samedi soir après l'turbin, l'ouvrier parisien (air connu), alias « Monsieur Dupont Tout-le-monde », célibataire, veuf, divorcé ou vieux garçon, chez lui, dans son F1 encore à crédit. Chaussé de ses charentaises, il mastique les restes de sa gamelle de midi, tandis qu'il ingurgite les infos calamiteuses de la télé. Soudain, sa porte s'ouvre à grand ramdam. Divine surprise. C'est Mireille Mathieu ou Arielle Dombasle, alias « Mademoiselle Bonsoir » ! Flanquée d'un présentateur « pipole » et de son staff, elle fait irruption en *prime time* dans le *home* de M. Tout-le-monde.

« Mademoiselle Bonsoir » et ses « téléprédateurs » viennent récompenser, congratuler et border l'heureux lauréat de « Qui veut gagner un coucher » plein d'étoiles ! Comme c'est diffusé direct sur les étranges lucarnes, Monsieur Tout-le-monde » se voit passer en *live* sur sa propre télé. C'est « Surprise-surprise ». C'est la gloire qui chasse les soucis.

Alors débute une incroyable émission de téléréalité avec effets spéciaux, dont Monsieur Tout-le-monde est la vedette d'un soir. Après s'être prêté aux interviews les plus ineptes, Monsieur Tout-le-monde est transfusé des berceuses soporifiques que « Mademoiselle Bonsoir » lui susurre à l'oreille. Du sommeil du juste, il s'endort sur ses deux oreilles désormais sourdes aux tracas quotidiens.

Bonne nuit les petits, la marchande d'illusions est passée. C'est la téléfélicité sociale virtuelle, à en croire les paillettes dorées qui tombent en nuées sur la couette de Monsieur Tout-le-monde. Tout va pour le mieux dans le meilleur des mondes. Tout l'monde il est beau, tout l'monde il est content. Sur les écrans des chaumières, des places publiques, des transports en commun, Monsieur Tout-le-monde, en gros plan, sombre dans le nirvana.

Auréolé de gloire médiatique, Monsieur Tout-le-monde, propulsé par la production, se pavanera dans les lendemains « pipoles » qui chantent. Pour peu qu'il soit le plus commun des mortels, il sera l'idole des jeunes de 7 à 77 ans ! Le temps d'un week-end !

Plus tard, gonflé de fierté, il sera frais et dispos pour reprendre ses quarante heures de labeur hebdomadaires… s'il n'est pas licencié, en recherche d'emploi !

Pendant ce temps, les files s'allongent devant les studios télé, pour obtenir le précieux ticket qui permettra de concourir et d'être parmi les gagnants qui seront tirés au sort pour passer les épreuves éliminatoires qui, après ce parcours du combattant, désigneront l'heureux vainqueur, choisi, naturellement, à la convenance des producteurs ! Le fabuleux produit d'un concept génial, renouvelé chaque semaine, sera alors livré en exemple aux foules admiratives.

La machine tourne, tous se frottent les mains… douteuses. La production, les médias, les paparazzi, les droits dérivés, le merchandising, les actionnaires, les sponsors, la pub. « Mademoiselle Bonsoir » est créatrice de valeur ajoutée !

Les feuilles « pipoles » et l'Audimat explosent. Ils relaient les intérêts et les dommages collatéraux, des contre et des pour.

Se « gavent » du fromage, les gangs, les mafieux, les otages et leurs preneurs, les sectes moralistes et religieuses, les communautés ethniques, les « bling-bling », les « glamour », les « fashion », les VIP, le fric, l'argent, le luxe, le clinquant, les têtes couronnées, les princesses de fond de tiroir, la majorité et l'opposition, et j'en passe… Tous y vont de leur avis public pour grappiller quelque notoriété.

Sans oublier le sentimental, l'amour difficile qui fait pleurer Margot.

L'instrumentalisation du concept « Mademoiselle Bonsoir » devient un fait social. C'est un coup de génie digne des plus audacieux manichéens en communication. La libre concurrence envie le succès et cherche à pirater ou à plagier le concept quand elle ne peut s'y associer.

Dans le bocal s'agitent :

« Mademoiselle Bonsoir », une icône « bimbo » évoluant, ou plutôt manipulée, dans un environnement de pub et de paillettes où fonctionne « à mort » la brosse à reluire entre arrivistes.

Le lauréat du coucher, un Monsieur Tout-le-monde que l'on sort de l'anonymat pour exploiter jusqu'à la corde son éphémère rentabilité. On lui invente une histoire sentimentale à rebondissements, pimentée pour tenir la foule en haleine et faire larmoyer Margot.

Le présentateur, un Rambo du divertissement, l'idole des téléphages. Il pourrait se présenter en politique.

Et tout autour est à l'avenant, dans un climat de carriérisme forcené.

Mademoiselle Bonsoir doit être mise en musique par un compositeur d'une grande sagacité. La musique se doit d'être à la hauteur du livret et de l'adaptation adoptée. Elle sortira en exergue, plutôt que des chansons, des « airs », grands de préférence, pour avoir la facture d'une œuvre lyrique contemporaine, un véritable opéra populaire.

L'orchestration puisera dans les divers courants musicaux pour les assembler en cohérence. Elle reflétera l'étendue de la créativité du compositeur qui s'en chargera, en totale symbiose avec la pensée de Boris Vian.

La musique et la mise en scène aideront à déceler ce qui se cache derrière les mots de Boris Vian. *Mademoiselle Bonsoir* sera une collaboration, *post mortem*, entre Boris Vian, le compositeur, l'auteur des lyrics, l'adaptateur, le metteur en scène.

La Belle Hélène, *Les Contes d'Hoffmann*, *West Side Story*, *Hair*, *Les Demoiselles de Rochefort*, *Le Bal*, *Dancer in the Dark* sont des moteurs d'inspiration pour une réalisation hors du commun, digne de Boris Vian.

Une des singularités de l'œuvre *Mademoiselle Bonsoir* est de pouvoir se faire financer par la publicité. Tout espace et matériel disponibles dans le théâtre peuvent être transformés en encarts publicitaires loués à des annonceurs.

Une invasion quasi totale de la salle, ses accès, ses couloirs, la façade et les décors sur scène. Plus les annonceurs sont pléthoriques et divers, plus la publicité devient dérisoire et se détruit elle-même, plus le décor exprime d'évidence un des arguments dramatiques de l'œuvre.

Dans un théâtre transformé en « home-sandwich », l'environnement publicitaire « ubuesque » se révèle en une véritable « pompe à phynance » pour monter *Mademoiselle Bonsoir*. Dès les marches d'entrée, le spectateur est surpris, son regard s'étonne, son esprit s'interroge. C'est une approche incomparable à *Mademoiselle Bonsoir*.

Cette énorme charge sociale et médiatique est semée en graine dans le texte de Boris Vian. Elle attend de germer dans l'esprit d'un réalisateur imaginatif, aussi audacieux que Boris Vian, pour éclore et porter des fruits supervitaminés, sur scène ou Cinémascope.

Vous l'aurez compris, *Mademoiselle Bonsoir* célèbre sur les planches les « dionysales » de l'exploitation de la candeur des masses anonymes. Le « chaud bisness », les « pipoles », la téléréalité, l'Audimat, la pub, le vedettariat, la banque, l'affairisme occulte. Plus leurs entreprises sont grosses et habiles, plus ça passe la rampe.

Comme à son habitude, Boris Vian dit davantage derrière les mots que ne dévoile son écriture. L'incidence sociale et politique est sous-jacente. L'industrie du divertissement y est l'alliée objective des « pontifes », comme les dénommait Boris Vian.

Sous des dehors « rigolos », *Mademoiselle Bonsoir* est un brûlot. Elle dépasse *En avant la zizique*. Elle rejoint l'essence même des *Bâtisseurs d'empire* et du *Goûter des généraux*. C'est un « musical » pamphlétaire, une satire aiguë des avatars du consumérisme triomphant.

Personne n'avait osé. Boris Vian l'a écrit.

Maintenant que vous avez les éléments très singuliers qui tendent le ressort dramaturgique de *Mademoiselle Bonsoir*, le texte en main, faites courir librement votre imagination au fur et à mesure de votre lecture.

Quand vous arriverez à la fin, vous serez surpris de votre créativité personnelle… et du génie de Boris Vian.

Mademoiselle Bonsoir vous aura dit bien des choses.

AVANT-PROPOS
de Nicole Bertolt

Boris Vian rédige ces deux pièces musicales et chorégraphiées dans le courant de l'année 1952. Noël Arnaud est le seul à les référencer dans l'index des *Vies parallèles de Boris Vian* paru aux éditions Bourgois en 1970 (Le Livre de Poche, n° 14 521). Il date ces deux textes de 1955 et précise une collaboration avec Pierre Kast[1] pour *La Reine des garces*. Cette collaboration est parfaitement fondée, mais la première version de *La Reine des garces* remonte aussi à 1952 ou 1953. *Mademoiselle Bonsoir* est également antérieure à 1955, un dépôt à la SACD du 27 avril 1953 faisant foi. L'enveloppe (voir dossier p. 403) a pour titre : « Mademoiselle Bonsoir, comédie-ballet – Livret de Boris Vian – Musique et lyrics de Varel et Bailly ». À cette époque, une agence à la société des auteurs souhaitait développer la vente de pièces à l'étranger, et cette comédie musicale était tout à fait adaptée.

---

1. Pierre Kast, cinéaste et ami de Boris Vian ; ensemble, ils écrivent plusieurs scénarios. La dernière fois que l'on verra Boris Vian à l'écran, c'est dans un film de Pierre Kast, *Le Bel Âge* ; sa femme Ursula Kübler y tenait également un rôle. Pierre Kast fit partie de la Nouvelle Vague qui débuta officiellement en 1959, année de la disparition de Boris Vian.

En 1952, Boris Vian et Ursula Kübler habitent encore un minuscule studio, 8, boulevard de Clichy à Paris ; Ursula, danseuse de son état, apprend également l'acrobatie, le chant, l'anglais. C'est une jeune femme indépendante, qui gagne sa vie, part souvent en tournée avec Georges Reich, Roland Petit ou Maurice Béjart ; elle aime Boris qui le lui rend bien. On pourrait dire que tout est rose pour elle et celui qui va devenir son mari, mais, en fait, Boris Vian n'est pas toujours au mieux de sa forme. Sa rupture avec sa première femme Michelle l'a affecté, ainsi que l'absence de ses enfants.

Boris Vian va au spectacle ou au cinéma, il aime les films américains depuis longtemps. Il envie les Américains pour ce qu'ils savent faire dans ce domaine et les moyens qu'ils y mettent. Alors, entre découragement, besoin d'argent, danse – l'univers d'Ursula – et musique, omniprésente dans sa vie, il se met à l'écriture de comédies-ballets musicales. La forme n'en est pas encore vraiment définie.

Parallèlement, Boris Vian rédige des chroniques et effectue des traductions à longueur de journée. Il reprend aussi un roman dont il a jeté les bases en 1947 : *Les Fillettes de la reine*, rebaptisé *L'Arrache-Cœur*.

À cette époque, Boris Vian doit trouver des sources de revenus pour subvenir aux besoins de ses deux enfants et financer son installation cité Véron, avec Ursula courant 1953 : piano, équipement ménager, matériaux de construction, charbon, notes de téléphone, vêtements, papeterie, dîners en ville ou entre amis, tout cela coûte de l'argent.

Des projets lucratifs se profilent : avec son ami et voisin Yves Gibeau[1], la perspective d'écrire un livre sur la

1. Yves Gibeau et Boris Vian habitent le même immeuble, ils travaillent sur ce qui deviendra plus tard *En avant la zizique*, mais cet ouvrage sortira sous le seul nom de Boris Vian, plus tard, en 1958.

chanson française. Puis la création, en 1953, et le succès de *Chevalier de Neige*, grand spectacle en plein air commandé par la ville de Caen. Georges Delerue, ami indéfectible et très grand compositeur, composera la musique. Boris Vian rédigera le livret. L'année suivante, il accepte de faire les chansons de *La Bande à Bonnot*[1] mais pour quelques jours à l'affiche seulement, en raison de la censure.

Avec la complicité d'Yves Robert puis de Jacques Canetti, la représentation d'un petit spectacle, *Cinémassacre*, joué plus de quatre cents fois à La Rose Rouge puis aux Trois Baudets. C'est peut-être le succès et l'immense travail auquel il s'attelle quotidiennement qui éclipsent les deux comédies musicales.

Pourtant, Boris Vian travaille sur le texte de *Mademoiselle Bonsoir* avec l'espoir de le voir monté sinon à Broadway, du moins dans un théâtre parisien. Il écrit une première version presque d'un seul jet, sur de grandes feuilles, à l'encre violette, puis, après avoir réfléchi, il reprend le tout sur un cahier à spirale.

Tous les ressorts de la pièce sont repris, les dialogues affinés, mais la fin ne le satisfait pas encore, semble-t-il.

Pour les formalités de dépôt du manuscrit, une troisième version est dactylographiée ; pourtant, Boris Vian a l'air encore d'hésiter, certaines scènes sont intervertaies ou étoffées, quelques découpages changent l'ordre des scènes, notamment les dernières. Sur ce document tapuscrit, Boris Vian doit choisir entre la vraie comédie musicale ou le spectacle musical, le ballet ou la simple

1. Pièce musicale écrite en 1954 par l'écrivain Henri-François Rey qui commanda à Boris Vian les textes des chansons, et les musiques à Jimmy Walter.

chorégraphie ponctuant certains tableaux. Enfin, l'emplacement des chansons et des danses est précisé, des titres ou des genres attendus mentionnés : « Fais dodo ma mitraillette », « le chœur des facteurs », « duo », ou bien encore : valse, tango, marche, ballade.

Varel et Bailly[1] avaient été pressentis et disposaient ainsi de tous les éléments pour créer paroles et musiques et Boris Vian et André Varel se sont rencontrés plusieurs fois. Son ami Alain Goraguer[2], compositeur de célèbres chansons et accompagnateur de Boris Vian, ne se souvient pas d'avoir vu ces comédies. « Il faisait tellement de choses en même temps. »

A l'issue d'un rendez-vous à la SACD, on commande à Boris Vian un résumé en anglais de *Mademoiselle Bonsoir*, afin de le faire parvenir à un agent aux États-Unis. Même si ses problèmes cardiaques l'empêchent de prendre l'avion et éloignent la perspective d'un voyage aux États-Unis, Boris Vian est enthousiasmé par un tel projet d'adaptation ; il rédige le texte d'une traite, d'une écriture extrêmement rapide. Sa version anglaise se rapproche davantage des comédies musicales montées à Broadway : musique tout au long de la pièce prévoyant un orchestre sur scène, des ballets plus chorégraphiés,

---

1. Varel et Bailly, auteurs-compositeurs, ont à leur actif maints tubes – ils écrivent pour Charles Trenet notamment ; ils ont une connaissance de la musique et un esprit proche de l'univers musical de Boris Vian. Ils partiront faire leur carrière aux États-Unis, comme beaucoup d'artistes dans les années 1960.

2. Alain Goraguer rencontre Boris Vian en 1953. Ils ont l'occasion, en plusieurs années de collaboration, de bien se connaître et de réaliser ensemble des chansons encore très connues aujourd'hui, comme *La Complainte du progrès* ou *Fais-moi mal Johnny*. Il fut aussi pianiste lors des tournées qu'il fit avec Boris Vian, qui présentait son tour de chant en 1955 et 1956, aux Trois Baudets et à La Fontaine des Quatre Saisons à Paris.

un argument plus retors inspiré par les affres du business, grand nombre d'artistes sur scène. Il s'agit de *Goodnight Girls Inc., a musical comedy by Boris Vian* (voir p. 383).

Y croit-il ? Rien n'est moins sûr. Mais, en tout cas, il ne souhaite pas en parler. Il a dans ses dossiers d'autres arguments de ballets et de comédies musicales. Boris et Ursula Vian reçoivent beaucoup cité Véron, notamment Roland Petit et sa jeune femme Zizi Jeanmaire qu'Ursula connaît bien. Boris Vian lui écrit une chanson, *J'suis snob*, et propose dans la foulée à Roland Petit des arguments de ballets comme *Cinq bals* ou *Le Commissaire et la Panthère verte*. Mais, là encore, rien n'aboutit.

De 1955 à 1959, sa carrière de conseiller puis de directeur artistique l'accapare, il enchaîne projet sur projet. L'opéra le tente de plus en plus, et il envisage d'écrire *Le Mercenaire*. Finis le romantisme et la comédie, place au drame de l'opéra.

Pourtant, la fibre dramatique n'est pas bien loin dans *Mademoiselle Bonsoir* et *La Reine des garces*, et leurs thèmes principaux en témoignent : solitude, timidité, rouerie dans la première ; relation père-fille, vedettariat et vengeance dans la seconde. La femme occupe une place primordiale dans les deux.

En dépit de ces thématiques qui font aussi bien écho à ses drames personnels qu'à « l'air du temps », ni *Mademoiselle Bonsoir* ni *La Reine des garces* ne verront le jour du vivant de l'auteur.

Les centaines de feuillets de ces deux comédies musicales ont été éparpillés, mélangés, perdus pour partie, conservés chez Ursula Vian Kübler ou retrouvés à la bibliothèque de la SACD pour le texte déposé. Il a fallu plus d'une dizaine d'années pour réunir l'ensemble et reconstituer cette fabuleuse histoire.

Les deux versions publiées ici sont les plus abouties, les plus claires, avec peu d'ajouts ou de ratures. Nous avons également tenu à ce que paraissent plusieurs pages des versions manuscrites pour avoir un aperçu de ces manuscrits oubliés.

Que le spectacle commence !

14 juin 2009.

Nous avons respecté les choix orthographiques, typographiques et de mise en page adoptés par Boris Vian sur son tapuscrit. Çà et là, en accord avec la Cohérie Vian, nous avons préféré corriger des coquilles manifestes et unifier la présentation des textes selon les règles typographiques d'usage (*N.d.E.*).

Mademoiselle Bonsoir

COMÉDIE MUSICALE

Personnages, par ordre d'apparition

Le directeur du journal *Cœur Maître*
Robert, *alias Judith, la Dame de cœur*
Janine, *sa secrétaire*
Quatre facteurs
Facteur chef
André Durillon
1er tueur
Client laid
Clémentine
Aurélie Lafleur
Pédé
2e tueur
Kyriano
Célibataire
Robots
Gosse
Michel
Trois clochards
Femmes de ménage
Candidates
Six célibataires
Duc della Biblioteca, *académicien*
Pamela, *une des candidates*
Deux photographes
Un reporter
Dix techniciens de la télé
Deux journalistes[1]
Un reporter de la radio

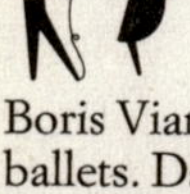

Boris Vian avait prévu d'intégrer dans sa pièce des chansons et des ballets. Dans son tapuscrit, il avait précisé à la main où il souhaitait placer les uns et les autres. Nous avons choisi de faire figurer ces emplacements par les deux pictogrammes ci-dessus (*N.d.E.*).

PREMIER TABLEAU

DÉCOR. – *La rédaction du courrier du cœur du journal* Cœur Maître. *Bureau en forme de cœur, chaises à dossier en cœur, chanteurs de charme à bouche en cœur dans cadres en cœur, etc.*

On entend sonner neuf coups de pendule. Le rideau se lève, la pendule en forme de cœur marque neuf heures. Robert et Janine, sa secrétaire, se tiennent debout derrière leurs bureaux. La porte s'ouvre – Paraît le directeur – Long, maigre, noir, terrifiant.

DIRECTEUR

Bonjour.

ROBERT

Bonjour, monsieur le directeur.

JANINE

Bonjour, monsieur le directeur.

DIRECTEUR, *un peu triste*

Je constate que vous êtes à l'heure.

ROBERT

Comme d'habitude, monsieur le directeur.

DIRECTEUR

Je vous dispense de commentaires.

(Il tournicote, inspecte et sort – Les deux s'asseyent en soupirant.)

ROBERT

Ah, là là ! Toujours aussi gai.

JANINE

Et ça va recommencer.

ROBERT

Le courrier va arriver.

JANINE

Il va falloir y répondre.

ROBERT et JANINE, *en chœur*

Ah ! là là...

(Une musique allègre, les quatre facteurs arrivent, poussant chacun un panier à courrier, à roulettes.)

CHŒUR DES FACTEURS

(Chanson)

Roulez, roulez wagons...

FACTEUR CHEF

Facteurs ! Fixe !

(Les quatre facteurs au garde-à-vous.)

ROBERT

Tout ça aujourd'hui !

FACTEUR CHEF

C'est la Saint-Valentin ! On peut dire qu'on ne vous oublie pas.

JANINE

C'est de pire en pire.

FACTEUR CHEF

Nous, n'est-ce pas, on fait notre boulot… On est forcés de tout vous apporter… mais on sympathise, ça on sympathise. *(Aux autres :)* Pas les enfants ?…

QUATRE FACTEURS

Oui, chef !

ROBERT

Eh bien… il est temps de se mettre au travail… Laissez-nous ça, et à la prochaine distribution.

FACTEUR CHEF

À onze heures !

ROBERT

Hélas !… Dites… il ne s'en perd pas, des lettres, jamais ?…

FACTEUR CHEF

Ben… quand un train déraille et encore, il faudrait que le wagon-poste flambe… ce qui paraît difficile vu qu'ils sont en acier. Pendant un bombardement, je ne dis pas.

ROBERT

C'est une idée… mais n'allons pas trop loin, tout de même. Alors, tant pis ! À tout à l'heure…

FACTEUR CHEF

Facteurs ! Fixe !

(Manœuvre.)

À mon commandement… au pas de facteur ! En avant… marche !…

CHŒUR DES FACTEURS

(Ils sortent.)

ROBERT, *regarde les paniers*

Toutes ces lettres !…

JANINE

Il y en a un paquet ce matin !

ROBERT

Est-il un métier plus stupide que de répondre à tous ces crétins.

JANINE

Ils nous font vivre, écoutez, patron…

ROBERT

Toujours les mêmes histoires… toujours les mêmes niaiseries sentimentales… je pourrais les réciter par cœur…

JANINE

Encore le cœur, vous voyez bien…

ROBERT

N'importe laquelle… au hasard…

(Il prend et ouvre, et lit une lettre.)

Il m'a embrassée dans l'escalier… dois-je me donner à lui ? signé Myosotis embourbé.

JANINE

Dans l'escalier ? S'il l'avait embrassée dans le cou, encore…

ROBERT, *en ouvre une autre, lit*

Il me fait la cour depuis vingt-deux ans… puis-je croire à son amour ? Petite pervenche pourrie.

JANINE

Hum… Vingt-deux ans… c'est du vice, c'est pas de l'amour…

ROBERT *plonge la main dans la dernière corbeille, agrippe la tignasse d'André qui se lève sous la traction*

Quoi ? Mais qu'est-ce que c'est que ça ?

ANDRÉ, *timide*

Un échantillon sans valeur…

ROBERT

Qu'est-ce que vous foutez là ?

ANDRÉ

La Dame de cœur ? C'est ici ?

ROBERT

C'est moi-même – Judith…

ANDRÉ

C'est vous qui répondez au courrier du cœur ? Ah ben alors… ça… vous ne ressemblez pas à vos réponses.

ROBERT, *flatté*

Non ?

ANDRÉ

Ah, non, alors ? Vous écrivez des choses tellement jolies…

ROBERT, *vexé*

Oui… merci quand même.

ANDRÉ

Oh… excusez-moi… je suis tellement timide…

ROBERT

Vous en avez l'air, effectivement. Au fait, mon ami, que voulez-vous ?

ANDRÉ

Ben… J'osais pas vous l'écrire… alors je me suis collé un timbre.

ROBERT

Je vois… mais dépêchez-vous… j'ai à faire…

ANDRÉ, *tout con*

Je voudrais qu'une fille vienne le soir dans ma chambre…

ROBERT

Et alors ?

ANDRÉ

J'ai pensé à vous…

ROBERT, *un peu suffoqué*

À moi ?… Non, mais dites… ça ne va pas, mon vieux ?…

ANDRÉ

Je veux dire… j'ai pensé que vous pourriez me trouver ça…

ROBERT

Voulez-vous me foutre le camp d'ici !

ANDRÉ

Non !

ROBERT

Comment, non ?

ANDRÉ

Vous n'avez rien compris !

ROBERT

Je compte jusqu'à trois ! Allez-vous sortir ?

ANDRÉ

Non !

ROBERT, *retrousse ses manches*

Bon… alors je vais vous mettre dehors.

ANDRÉ

Non !

(Il se jette sur Robert, le maîtrise en un rien de temps, le jette sur le divan et s'assied dessus.)

Vous n'avez rien compris, je vous dis !

ROBERT, *haletant*

Janine ! Janine ! À l'aide !

JANINE, *regarde avec intérêt*

Laissez-le s'expliquer, écoutez.

ANDRÉ, *volubile*

Voilà… le soir… je voudrais une fille qui vienne m'embrasser dans mon lit… je n'en demande pas plus… on s'adresserait à une maison sérieuse… on paierait une petite somme… et le soir, elle viendrait, elle entrerait… une chanson… un baiser… adieu ! et une nuit pleine de beaux rêves… Pour tous les célibataires timides…

(Il dégage Robert qui se redresse peu à peu.)

ROBERT

Et c'est tout ?

ANDRÉ

Jusqu'à vingt et un ans, la chasteté est non seulement recommandable, mais salutaire… c'est dans mon manuel de philosophie… Mais ça pèse, la chasteté…

ROBERT, *réfléchit*

On prendrait un ticket

ANDRÉ

Pas trop cher…

ROBERT

Oui… mais enfin, faut couvrir les frais, hein…

ANDRÉ

Elle viendrait, dans la nuit…

ROBERT

En robe de tulle noir…

ANDRÉ

Ah, non ! Rose ! En jeune fille !…

ROBERT, *l'écarte de la main*

Oui… oui… et un domino cramoisi.

ANDRÉ

Un domino[1] blanc…

ROBERT, *impatient*

Assez… Je le vois d'ici… une belle blonde…

(Geste.)

ANDRÉ

Une brune… avec des yeux noirs…

ROBERT

Elle danserait… la danse des sept voiles… Salomé… Bigre !

ANDRÉ

Elle chanterait comme une source…

ROBERT

Elle danserait ! Pensez aux sourds !

ANDRÉ

Elle chanterait !

ROBERT

Enfin… C'est votre idée ou c'est la mienne.

ANDRÉ, *suffoqué*

Mais… c'est la mienne !

1. Costume de bal masqué rouge foncé.

ROBERT

C'est une idée qui viendrait à tout le monde… C'est dans l'air… comme les impôts…

ANDRÉ

Ça, alors ?…

ROBERT, *à André*

Assez !

(Il le toise.)

Hum… Qu'est-ce que vous faites dans la vie ?

ANDRÉ

Je suis comptable adjoint…

ROBERT

Vous avez de la veine de savoir faire quelque chose. Je vous donne trente-cinq mille francs par mois pour commencer…

ANDRÉ

Mais j'en gagne quarante…

ROBERT, *ricane*

Ça ne m'étonne pas que votre boîte coure à la faillite…

ANDRÉ

Mais je suis à la Banque de France !

ROBERT

Qu'est-ce que je disais ! Mademoiselle Janine… notez ce que va vous dire…

(À André :)

Votre nom ?

ANDRÉ

André Durillon.

ROBERT

De mieux en mieux ! Eh bien, Durillon… Vous allez passer à côté avec Janine et vider votre sac…

ANDRÉ, *maté*

Bien…

ROBERT

Vous lui expliquerez toutes vos idées… et pas de cachotteries, hein… Moi, je m'occupe de réunir les fonds.

JANINE

Et le courrier, monsieur ?

ROBERT

Quel courrier ?

JANINE

Ça…

ROBERT

Janine, la Dame de cœur est morte !

JANINE

Mais que va dire le directeur ?

ROBERT

Je m'en fous, du directeur !

(La porte s'ouvre, apparaît le directeur.)

Le directeur, il nous fait suer… Il se balade et il passe à la caisse… Il est temps que ça change ! Et ça va changer !

DIRECTEUR

J'en ai l'impression également…

ROBERT, *se retourne et, impuissant, lui tire la langue*

DIRECTEUR

Vous avez jusqu'à onze heures pour quitter cette maison. Serpent que j'ai réchauffé dans mon veston d'alpaga !

(Il sort.)

ROBERT, *lugubre*

Voilà qui est fait. Moi, je suis un rapide.

JANINE

On n'a qu'à tout laisser en plan.

ROBERT

Comment, on ?

JANINE

Je ne vais pas rester toute seule ici, non !… Et puis, il faut que je vous dise… J'ai deux cent mille francs d'économie[1]… on peut démarrer l'affaire en tout petit pour commencer…

ROBERT

Janine, vous êtes une brave fille !

JANINE

Je suis une andouille, oui !

ROBERT

D'accord… mais une andouille sympathique.

ANDRÉ

Et mes trente-cinq mille par mois ?

ROBERT

Oh, vous, ça va, hein ! Vous venez ici, vous flanquez la pagaille, vous embêtez tout le monde ! Vous aurez vingt-cinq mille, pas un fifrelin de plus !

ANDRÉ

Ben ça, alors !… Enfin… si elle me borde…

1. Il s'agit d'anciens francs. Mathématiquement, 300 euros, mais l'équivalent d'une somme importante.

ROBERT

Adieu, bureau ignoble !
Adieu, courrier stupide !

CHANSON, *finie en trio et rideau*

Musique

DEUXIÈME TABLEAU

DÉCOR. – *Il y a au premier plan une roulotte foraine dont le pan de face, absent, permet de voir l'intérieur. Elle est montée, comme il se doit, sur des roues et peut se déplacer pour regagner la coulisse. Un petit escalier permet d'en descendre ou d'y rentrer. Tout autour, c'est un décor de fête foraine, brumeux, mais qui se révélera en entier quand la roulotte va s'éclipser. Manèges, baraques, et notamment une grande loterie où, parmi les lots, trônent un aboyeur, une fanfare, et une roue dorée près de la petite estrade où apparaîtra le gros lot.*

Au lever du rideau, André et Robert finissent de peindre la baraque, Robert dirigeant André qui est sur une échelle.

ROBERT

Encore un peu dans ce coin-là.

ANDRÉ

C'est déjà fait.

ROBERT

Non… ça ne brille pas.

ANDRÉ

C'est de la peinture mate.

ROBERT

Mate ou pas mate, quand c'est frais, ça brille.

ANDRÉ, *excédé*

Ah ! là ! là !

ROBERT

Quoi, Ah là là ?

ANDRÉ

Rien. Je regrette la Banque de France.

ROBERT

Ça t'apprendra à avoir des idées.

ANDRÉ

C'est bien la dernière fois, je te jure ! Et pour quoi ? Je te demande un peu !

ROBERT

Ça démarre à peine.

ANDRÉ, *redescend de l'échelle*

T'as vu le courrier ?

ROBERT

Oui.

ANDRÉ

Dix-sept factures.

ROBERT

Et cinq demandes.

ANDRÉ

C'est bien ça qui est grave. On promet aux gens une fille pour venir les embrasser et les border dans leur lit, et on ne l'a même pas sous la main.

ROBERT

Janine s'en charge.

ANDRÉ

Pour une histoire comme ça, faut pas laisser une femme choisir. Tu vas voir ce qu'elle va ramener.

ROBERT

Ah ! Assez ! Tu découragerais le bon Dieu.

ANDRÉ

Il y a longtemps que c'est fait…

(On frappe à la porte. De la salle, on a vu un tueur caricatural monter l'escalier.)

ROBERT

Entrez !

(À André :)

Un client !

ANDRÉ

On va voir !

TUEUR

C'est ici ?

ROBERT

Oui… Vous désirez prendre une inscription, monsieur ?

TUEUR

Comment que ça se passe, votre condé ?

ROBERT

Pardon ?

TUEUR

Votre bizenèce ?

ROBERT

Eh bien euh…

ANDRÉ

Notre organisation est encore à l'état embryonnaire…

ROBERT

… Mais elle fonctionne à la perfection.

TUEUR

Bon. Pas de salades. Vous avez distribué des papelards… autant vous prévenir qu'il faudra que ça se passe comme c'est écrit. Voilà dix sacs. Ce soir, à dix plombes pétantes, une bagnole passera prendre la souris. Tâchez qu'elle soye à l'heure. Ça vaudra mieux pour votre pomme. Voilà la carte du patron et les feuilles d'un mètre, deux fois cinq. Dix plombes – Ciao !

(Il va pour sortir.)

ROBERT

À vos souhaits…

(André prend la carte.)

ANDRÉ

Kyriano ?

(Le tueur se ravise.)

TUEUR

Et si jamais la maison poulaga fait de l'arnaque, ça finira en galantine[1]…

(Il ressort.)

ANDRÉ, *regarde la carte*

Kyriano ? Qui c'est, Kyriano ?

1. Et si jamais la police nous joue un tour, ça finira mal.

ROBERT

Kyriano ? mais c'est le roi de la came… enfin, d'où tu sors, toi, alors ? Tu lis pas les journaux !

(Il palpe les billets.)

Et en tout cas, c'est un client !

ANDRÉ

Le roi de la came… jamais entendu parler. T'es sûr qu'il est si connu que ça ? (*Une idée le frappe.*) Et si elle est moche, la fille que ramène Janine ?

ROBERT

Ah, André, ne dis pas ça !

ANDRÉ

Mais si elle est moche, Robert… tu te rends compte !…

ROBERT

André, tais-toi !

(Coups à la porte.)

ROBERT

Allez ! Souris !… Les affaires marchent !

(Entre un second client, très laid et bègue.)

CLIENT LAID

Bonjour, m… mmessieurs…

ROBERT

Bonjour, monsieur.

CLIENT LAID

D… d… dites-moi…

(Il bégaie affreusement.)

V… v… vous avez un catalogue ?

ROBERT

Un catalogue ?

CLIENT LAID

Eh bien… oui… vous avez plusieurs modèles de berceuses, non ?

ROBERT, *désespéré*

André ? Tu as le catalogue ?

ANDRÉ

Heu… il doit être par là.

(À Robert, bas :)

Improvise !

ROBERT

Quoi ?…

ANDRÉ

Vas-y !…

CLIENT LAID

N'est-ce pas, je suppose que vous ne traitez pas chaque client de façon standard… J'ai horreur de la standardisation, monsieur… J'aime ce qui sort de l'ordinaire.

ROBERT

Eh bien, monsieur, voilà… nous avons évidemment pour le client un peu… hum… limité dans ses moyens, n'est-ce pas, la berceuse type…

CLIENT LAID

PASSONS, passons…

ROBERT

Je p… passe. Catégorie au-dessus : berceuse avec harmonisation adaptable, voix célestes et harpes, modèle catholique ou protestant…

CLIENT LAID

Quelle est la… b… b… b… différence ?

ROBERT

Eh bien, le catholique est un peu plus riche, un peu plus voyant… le protestant est sévère… une sorte de diable en musique.

CLIENT LAID

P… P… P… continuez…

ROBERT

Pour les personnes plus… plus affranchies, nous avons le fond capiteux, sans atteindre l'érotisme, n'est-ce pas, il y a une note de volupté !

CLIENT LAID

C'est mieux…

ROBERT

Enfin, si vraiment vous avez les moyens, le fond luxurieux vous donne vraiment heu… tout ce qu'on peut donner sans rien faire de précis…

CLIENT LAID

J… J… je voudrais un fond franchement l… l… cochon !

ROBERT

Comment ! Mais c'est vous, le cochon !

CLIENT LAID

M… M… M…

ROBERT

Ah ! non ! Ça suffit ! assez d'insultes !

CLIENT LAID

M… mais m… monsieur… !

ANDRÉ

À la porte !

CLIENT LAID

Ah, ça… ça… al… al… alors !

(On l'éjecte.)

ANDRÉ

P… P… voyou !

ROBERT

Le saligaud !

ANDRÉ

Tu parles.

ROBERT

N'empêche qu'on l'a mis à la porte trop vite… parce que si la trouvaille de Janine est vraiment moche, eh ben… ça lui aurait fait les pieds !

ANDRÉ

Ouais… eh bien, moi, ce qui m'inquiète, c'est Kyriano, le roi de la came.

ROBERT

On verra bien !…

ANDRÉ

Mais que fait Janine… C'est pas chic de nous laisser comme ça dans l'incertitude…

ROBERT

D'ici ce soir, il faudrait que la fille apprenne au moins le thème standard.

(Il remonte, s'assied à son bureau, André regarde par-dessus son épaule.)

ANDRÉ

Y en a, des notes, mon vieux ! Faut avoir douze doigts pour jouer ça !

ROBERT

Si seulement j'étais… tiens, Ellington, par exemple !

ANDRÉ

Simplement !

ROBERT

Simplement !

(Il plaque un accord sur son bureau, on n'entend rien puis, soudain, l'accord résonne.)

Quoi !

ANDRÉ

Continue ! Continue ! Ça marche, n'en demande pas plus !

(Robert fait quelques accords au piano bureau, quelques gags sonores – La chanson commence. Presque aussitôt, la porte s'ouvre ; entre à pas vifs et silencieux une fille qui vient des baraques foraines toutes proches. Elle chante.)

CHANSON THÈME

(À la fin de la chanson, Robert et André, extasiés, sombrent dans l'inconscience – Vite elle les embrasse très légèrement et se sauve en criant :)

CLÉMENTINE[1]

Bonne nuit !

ROBERT, *yeux fermés*

Ah ! C'est bon !

ANDRÉ, *voix perdue*

Encore !

(Entrent Janine et une terrifiante matrone de 1,90 mètre, Aurélie.)

ROBERT, *yeux fermés, tâtonnant*

Un baiser… un autre baiser…

ANDRÉ, *même jeu*

Moi d'abord !…

JANINE

Mais qu'est-ce qui vous arrive !

AURÉLIE

Je peux les embrasser, si ça les amuse !

(Les deux lèvent les yeux, la voient et poussent un cri d'horreur.)

---

1. Les héroïnes de *Mademoiselle Bonsoir* (1952) et *L'Arrache-Cœur* (1951) se prénomment toutes deux Clémentine. Une autre Clémentine apparaît dans *Le Chasseur français*, comédie musicale écrite en 1955, publiée et jouée *post mortem*.

ROBERT et ANDRÉ

Maman !

JANINE

Calmez-vous… calmez-vous…

(Elle a l'air penaude.)

Je vous présente Aurélie Lafleur… La cousine dont je vous avais parlé.

ROBERT

C'est elle…

ANDRÉ

C'est vous !…

JANINE

Ah, vous êtes drôles, aussi, je me souvenais d'elle quand elle avait douze ans… on jouait à la marelle ensemble… elle pesait vingt-quatre kilos, à ce moment-là… une plume…

ROBERT

Elle a bien repris !

JANINE

Il nous fallait de toute façon un chaperon pour notre pensionnaire… Aurélie est là !

ANDRÉ

Dites…

(À Aurélie :)

Ce n'est pas vous qui venez de chanter…

JANINE

On vient de chanter ?

ANDRÉ

Robert ! Je n'ai pas rêvé ?

ROBERT

Ou alors on a fait le même rêve… c'est peu probable !

ANDRÉ

Il faut la rattraper ! Viens !

ROBERT

Mais où ? Comment veux-tu ?

(À Janine :)

Vous n'avez vu personne sortir d'ici ?

JANINE

Une vague bohémienne… J'ai pensé qu'elle vous avait proposé la bonne aventure…

ANDRÉ

L'aventure tout court ! Cette voix ! Cette voix ! J'y vais…

ROBERT

Ne t'emballe pas comme ça !

ANDRÉ

Je la ramènerai…

(Il sort affolé.)

JANINE

Qu'est-ce que c'est que cette fille ?

ROBERT

Je ne sais pas… on regardait une chanson, elle est entrée, et puis…

(Il se passe la main sur le front.)

C'était merveilleux.

(Frappé d'horreur.)

Et si elle était moche comme un pou, elle aussi ?

AURÉLIE

Merci, vieux !

ROBERT

Oh ! mais je ne pensais pas à vous, je pensais à… euh… à Janine !…

JANINE

Charmant !

ROBERT

De rien…

(Il semble défait.)

Qu'est-ce que nous allons faire ? Qu'est-ce que nous allons faire !

JANINE

Enfin, Robert, il n'y a rien de grave !

ROBERT

Hélas !

(Il montre les 10 000 francs.)

JANINE, *les empoigne*

C'est pas grave, ça ! C'est gai !

ROBERT, *pas tellement naturel*

Ça vient de Kyriano, le roi de la drogue.

(Il lui tend la carte.)

JANINE, *elle le regarde soupçonneuse*

Kyriano ? Qu'est-ce que c'est que ça ?

ROBERT, *volubile*

Ben, Kyriano, le roi de la came… vous ne lisez pas les journaux, alors ? Bref, ce soir à 10 heures, notre berceuse sera chargée ici même dans une voiture envoyée par Kyriano, et elle devra endormir le monsieur. Sinon…

(Geste.)

JANINE

Qu'est-ce que c'est que cette blague ?

(Regarde les billets.)

Mais non… ça n'a rien d'une blague.

AURÉLIE

Ben, je vais y aller, moi… I me fait pas peur.

JANINE

C'est pas possible…

(On frappe à la porte.)

ROBERT

Entrez !

(Entre un pédéraste très ridicule[1].)

PÉDÉ

C'est bien ici, mademoiselle Bonsoir ! Quel nom, d'ailleurs !

ROBERT

Oui, monsieur.

1. À cette époque, l'homosexualité était souvent tournée en dérision, au cinéma et au théâtre notamment. Cela ne signifie en aucune façon que Boris Vian était homophobe.

PÉDÉ

Oh, dites « mon oncle », c'est tellement plus affectueux… Je vais vous exposer ma petite affaire…

JANINE

Je vous en prie…

PÉDÉ

Mais non, madame, comme vous êtes, vous alors ? Voilà, je passais juste et j'ai aperçu votre enseigne… alors je suis entré pour un petit renseignement… est-ce qu'on pourrait se faire dire bonsoir par un joli garçon brun ? (*À Robert :*) Comme vous, mon petit, hein ?

ROBERT

Mais écoutez…

PÉDÉ

Je suis prêt à payer le prix… après tout ce n'est pas juste qu'il n'y ait que des filles, là-dedans…

(Robert regarde pensivement les deux femmes ; elles, même jeu.)

Vous pourriez venir habillé en soldat grec… en evzone[1]… avec une jupe empesée ?

ROBERT

Vous me comprenez, Aurélie ?

1. Soldat de l'infanterie grecque.

AURÉLIE

D'accord, patron…

(Elle empoigne le pédé et le porte jusqu'au-dehors pendant qu'il crie et gigote.)

ROBERT

Aurélie, je vous engage…

JANINE

Assez discuté. En chasse.

ROBERT

Quoi, en chasse ?

JANINE

Il faut trouver une fille pour ce soir… Tout autour, la foire. Nous savons qu'il y a dedans une fille au moins qui est capable de faire l'affaire. On va sortir, se séparer, chercher et se donner rendez-vous ici d'heure en heure.

ROBERT

Bon. Compris.

AURÉLIE

Vous cherchez une créature de quel genre ?

ROBERT

Aurélie, je vais vous dire… regardez-vous dans une glace.

AURÉLIE, *flattée*

Oui…

ROBERT

Et prenez exactement le contraire !

AURÉLIE, *philosophe*

D'ac !

(Leur baraque roule et disparaît. Ils descendent en même temps. Ils se trouvent au milieu de la foire, se séparent, se dispersent. Une grande baraque, à gauche, fait loterie. Peu de monde. C'est le soir. Une fille apparaît sur l'estrade. C'est la danseuse. Elle regarde s'il y a assez de clients, hausse les épaules, rentre. Presque aussitôt apparaît André. Il semble déçu. Il traîne un peu, regarde la baraque. Un bonimenteur sort et commence à parler. C'est une trompette bouchée qui singe sa voix. Puis la musique esquisse le thème.

André n'entend pas et il passe. Surgissent Robert, Aurélie, Janine, chacun d'un côté différent. Ils se regroupent devant la baraque. La danseuse commence à danser. Robert, Aurélie, Janine la regardent. À la fin de sa danse, elle cède la place à la chanteuse. Robert se frotte les mains, jubilant, en désignant la fille à Aurélie et Janine. Puis il fait un geste au bonimenteur, lui parle. Geste du bonimenteur, refus. Janine tire de son sac de gros billets. Le bonimenteur se gratte l'oreille et se laisse faire. Les deux filles descendent de l'estrade et les suivent. Ils disparaissent vers la droite. Leur baraque à eux revient et ils rentrent avec Clémentine.)

ROBERT

J'étais sûr qu'on la retrouverait.

JANINE

Ça, alors !

AURÉLIE

Oui… c'est du culot. D'ailleurs, je refuserais de travailler avec un patron qui n'ait pas de culot.

CLÉMENTINE

Qu'est-ce que je dois faire ?

ROBERT

C'est vous qui êtes venue chanter tout à l'heure ?

CLÉMENTINE

Oui…

JANINE

Mademoiselle, nous avons besoin de quelqu'un comme vous.

CLÉMENTINE

Mais je ne sais rien faire ! Je chante… C'est tout…

JANINE

C'est amplement suffisant. Ce soir, vous irez chez un monsieur qui s'appelle Kyriano.

CLÉMENTINE

Oui… ?

JANINE

Naturellement, vous ne serez pas seule… Aurélie vous accompagnera… C'est cette dame.

CLÉMENTINE

Ah ! Bon !

JANINE

Vous chanterez, vous poserez un chaste baiser sur le front du client, et vous reviendrez ici…

CLÉMENTINE

C'est tout !

JANINE

Je vous propose, pour commencer, 50 000 francs par mois… ce n'est pas énorme… mais ça peut doubler très vite…

ROBERT

Ça peut même tripler…

JANINE

Ou quadrupler…

CLÉMENTINE

Rien qu'en chantant ?

ROBERT

Rien qu'en chantant.

CLÉMENTINE

Parce que je refuse absolument de faire quoi que ce soit d'autre.

JANINE

On ne vous en demande pas plus. Robert ! La robe !

(Robert va au placard et tire un carton.)

Déshabillez-vous !

(Aurélie la masque. À Robert :)

Vous, regardez ailleurs !

(Robert se détourne à regret. André paraît au fond, il ne la voit pas. Il est très découragé.)

ANDRÉ

Rien à faire. Perdue ! Dire que nous l'avons laissée filer comme des idiots !

ROBERT, *faussement atterré*

On est dans de beaux draps.

ANDRÉ

Si tu m'avais aidé à la chercher, seulement.

ROBERT

Tu es parti comme un fou…

ANDRÉ

Il y a de quoi. Une voix pareille ! Tiens, tu me dirais qu'elle est moche, je crois que sa voix suffirait quand même à me rendre dingo.

ROBERT

Eh bien, mon vieux, tiens-toi bien. Elle est devant toi.

ANDRÉ

Quoi !

(Il voit Aurélie et chancelle.)

Oh ! Non ! Pitié ! C'est pas elle.

AURÉLIE

Ceci vous plaît-il mieux ?

(Elle s'efface devant Clémentine, habillée.)

ANDRÉ

C'est exactement ça !

ROBERT

Clémentine… André… le comptable de la maison…

ANDRÉ

Comme je la voyais… comme je la rêvais…

(Il avance lentement.)

JANINE

Hum… Il faudrait quelque chose pour rompre le charme…

(Coup à la porte, André s'immobilise. Le tueur, déjà vu, regarde la scène.)

TUEUR, *il la regarde*

Pas mal… Elle est prête ?

(À Clémentine :)

Venez !

(Aurélie s'avance.)

Qu'est-ce que c'est que ça ?

AURÉLIE

Le chaperon !

TUEUR

Mais… c'est pas prévu au programme ?

AURÉLIE

C'est par-dessus le marché et sans supplément. Marche, ma gueule en or !

(Elle l'empoigne, le bascule, le prend dans ses bras et l'emporte.)

Viens, Clémentine, moi je vais bercer cet oiseau-là. Il a une tête qui me revient !

(André, Robert et Janine restent là, ravis, tandis que les autres s'éloignent.)

RIDEAU

(Musique de foire, qui s'enfle et devient gangstérienne. Le rideau se relève sur la chambre de Kyriano, le gangster.)

TROISIÈME TABLEAU

DÉCOR. – *La chambre de Kyriano, aménagée pour ressembler à l'intérieur d'une prison. Murs de pierre grise avec graffiti blanc. Le lit est une espèce de haute cage d'acier avec un lit-cadre de bois dur et une couverture. Deux tueurs sont assis devant. L'un d'eux lit* Cœur Maître.

1er TUEUR

Tu lis cette saleté de *Cœur Maître*.

2e TUEUR

Tu le lisais bien toi-même, avant.

1er TUEUR

Oui, mais c'est fini. T'as vu ce qu'elle a répondu à Frédo, la Dame de cœur ?

2e TUEUR

Frédo, il est toujours à se plaindre.

1er TUEUR

Il a des raisons de se plaindre. Tu crois que c'est marrant, pour un intellectuel, de voir sa femme toujours à s'occuper de son foyer ?

2e TUEUR

Frédo avait pas besoin d'écrire ça.

1er TUEUR

Il a juste écrit qu'il en avait assez de voir Germaine refuser de lire Sartre et ne penser qu'à lui faire des petits plats. C'est son droit, à ce type. Et l'autre Dame de cœur de mes deux lui répond qu'il devrait s'estimer heureux d'avoir une femme comme ça et qu'il lui fiche la paix, et que Sartre, c'est immoral.

2e TUEUR

Elle écrit pour les types normaux, cette gonzesse. Il n'avait qu'à rien lui demander je te dis. Et puis, fous-moi la paix, je lis.

1er TUEUR

T'appelles ça lire !... Passe-moi *Les Temps modernes*, là... près du lit. C'est une salope, la Dame de cœur. Elle était pas comme ça avant. Elle a changé, cette vioque.

2e TUEUR

Laisse tomber, c'est de la briquette[1].

(Ils lisent tous les deux, le 1er tueur lève tout d'un coup la tête.)

1. C'est sans importance.

1er TUEUR

Tu sais, t'as tort de jamais lire ça. C'est vachement intéressant. Y a là un article sur la phénoménologie dialecto-syncrétique de Husserleinberger qu'est vraiment pas du bidon.

2e TUEUR, *ferme* Cœur Maître

Tu gamberges trop, mec. Dis-moi plutôt qu'est-ce que c'est que ce guignol, ce soir. Y a une souris qui vient voir le boss ?

1er TUEUR

C'est pas une souris, c'est une endormeuse. Ça fait huit jours qu'il y a de la publicité partout.

2e TUEUR

Ça fait des années qu'il y a de la publicité pour Colgate et c'est pas pour ça que le patron se lave les dents, sans blague…

1er TUEUR

C'est une souris qui vient t'endormir en te faisant du charme. Tu sais bien que le patron, il arrête pas d'avoir des insomnies.

2e TUEUR

Y s'amène. T'as pas entendu le timbre ?

(Une lampe verte s'allume.)

Tiens je te le disais.

(Entre Kyriano, un gangster caricatural. Les deux gars se lèvent.)

Salut, boss.

KYRIANO

Bonjour… rien de neuf ?

2e TUEUR

Rien à signaler, patron.

KYRIANO

Pas de nouvelles de Margoulis ?

2e TUEUR

Pas de nouvelles, patron !

KYRIANO

Qu'est-ce qu'il fait, ce cave[1] ? Si demain à midi ce n'est pas réglé…

(Geste significatif.)

Un procès aux fesses !

2e TUEUR

Bien patron.

KYRIANO

Et le photographe ?

---

1. Ce raté.

(Un photographe sort d'un coin et opère.)

Parfait.

(Kyriano enlève sa veste, que prend un des tueurs. Cérémonial compliqué genre coucher du grand roi. Il déboucle sa mitraillette et la prend dans ses bras. Il y a, à côté du grand lit, un petit lit semblable. Kyriano berce sa mitraillette. Musique. À la fin de la chanson, le photographe prend un flash.)

CHANSON DE KYRIANO

Fais dodo, ma mitraillette.

KYRIANO

Jack ! Mon pyjama.

(Il se déshabille pendant que le 2e tueur cherche le pyjama et l'apporte, un pyjama rayé en travers comme celui d'un bagnard. Kyriano porte un caleçon rayé en travers, maillot idem.)

Max ! Ouvre-moi !

(Le 1er tueur sort de sa poche une énorme clef et ouvre la grille de fer du lit.)

KYRIANO

Jack ! Le boulet !

(Le 2e tueur apporte une chaîne avec un énorme boulet gonflé au gaz et la fixe à la cheville de Kyriano.)

Vos uniformes !

(Les deux tueurs revêtent une veste et une casquette de gardiens de prison.)

Allez ! Bouclez la lourde[1] !

(Le 1er tueur referme la porte.)

Quelle heure est-il ?

(Le photographe reprend un flash.)

1er TUEUR

Neuf plombes et cinquante-neuf broquilles[2].

KYRIANO

Si elle n'est pas ralégée[3] à dix plombes pile, il va y avoir du suif.

(Indicatif Mlle Bonsoir. La porte s'ouvre, on voit entrer Clémentine, suivie d'Aurélie.)

CLÉMENTINE

Bonsoir !

(Les tueurs reculent et se mettent au garde-à-vous.)

---

1. Fermez la porte.
2. 9 h 59.
3. Arrivée.

AURÉLIE

Repos !

CLÉMENTINE

Monsieur Kyriano ?

KYRIANO

Ici. Entrez. Max, la lourde !

(Max introduit Clémentine ; la porte se referme.)

AURÉLIE

Tu tâcheras que ça se rouvre, hein, mon joli… sinon…

KYRIANO

Qu'est-ce que c'est que ce tableau ?

AURÉLIE

C'est le chaperon, mon pote.

KYRIANO

C'est juste, excusez-moi. Mademoiselle, il est dix heures. Faites votre turbin, je vous prie…

MUSIQUE : *chanson de Clémentine*

(Quand elle a fini, les deux tueurs sont tout épanouis et Clémentine embrasse Kyriano sur le front et le borde pendant qu'Aurélie baise au front les deux tueurs qui se reprennent et font une grimace dégoûtée. Le photographe opère toujours.)

CLÉMENTINE

Vous ouvrez, monsieur ?

1er TUEUR, *taquin*

Si je veux !

AURÉLIE

Tu ferais mieux de vouloir si tu veux rester beau gosse…

(Le 1er tueur ouvre.)

1er TUEUR

Voilà… Voilà… on ne peut plus plaisanter…

2e TUEUR

Dis, gaffe[1] un peu comment qu'il en écrase !

1er TUEUR

Mince !

2e TUEUR

Depuis le jour qu'il a pris un poteau télégraphique sur la gueule, je l'ai jamais vu partir si vite…

AURÉLIE

Viens, ma belle… on a encore du travail…

CLÉMENTINE

Je voudrais savoir qui dort là ?

---

1. Regarde.

2e TUEUR

C'est Jacqueline.

CLÉMENTINE

Quel âge a-t-elle ?

2e TUEUR

Oh, cinq, six mois… C'est la sulfateuse[1] au patron…

CLÉMENTINE

Sa quoi ?

AURÉLIE

Sa seringue, mon chou… Viens…

2e TUEUR, *remet l'enveloppe*

Tenez. C'est du rab.

CLÉMENTINE, *prend sans comprendre*

Ah… merci… dites… je peux poser une question ?

1er TUEUR

Posez ! Posez !

CLÉMENTINE

Pourquoi c'est comme une prison ici ? Et pourquoi vous êtes habillés comme ça ?…

1. Mitraillette.

1er TUEUR

Je vais vous dire… le patron, c'est un pessimiste et un prévoyant. Il sait ce que c'est quand on est dans les affaires.

2e TUEUR

Alors il s'entraîne !

(Ils s'esclaffent.)

RIDEAU

QUATRIÈME TABLEAU

DÉCOR. – *Chambre de célibataire très arriéré. Il a gardé le décor de son enfance. Soldats et ballons sur les murs, etc.*

AURÉLIE

C'est charmant cette crèche… C'est pour endormir un moutard qu'on nous a fait venir, ce soir ?

CLÉMENTINE

Si c'est un enfant, ça va me changer un peu… Ils sont tous tellement vilains, les gens que j'endors !

AURÉLIE

Ah… n'exagérons pas… le petit blond d'hier soir, j'en aurais bien fait mon ordinaire !

CLÉMENTINE

Eh bien, ne vous gênez pas, Aurélie… il est célibataire comme les autres…

AURÉLIE

C'est pas un métier, qu'est-ce que vous voulez, de toujours voir des garçons libres et de rester sur sa faim !

CLÉMENTINE

Je suis sûre que beaucoup ne demanderaient pas mieux que de se laisser faire…

AURÉLIE

Allons, ma belle !…

(Le célibataire sort de sa salle de bains : il a une chemise de nuit à festons rouges. Il tient à la main un pyjama effrayant.)

CÉLIBATAIRE

Bonsoir… Excusez-moi… Je me suis attardé à ma toilette de nuit !

AURÉLIE

Ben, c'est réussi…

CÉLIBATAIRE

J'hésitais entre ce pyjama et cette chemise de nuit… Qu'est-ce que vous en pensez ?

CLÉMENTINE

Mon Dieu… la chemise de nuit est charmante…

CÉLIBATAIRE

Ça ne vous ennuie pas, de me donner votre avis ? N'est-ce pas, c'est surtout pour ça que je vous ai demandé de venir, en réalité…

CLÉMENTINE

Ce n'était pas pour vous faire border ?…

CÉLIBATAIRE

Je suis sûr que de toutes façons je ne fermerai pas l'œil de la nuit… je me marie demain… alors je voulais savoir.

CLÉMENTINE

Vous vous mariez demain ?

CÉLIBATAIRE

Demain matin… je suis un peu ennuyé… n'est-ce pas, je n'ai pas du tout l'habitude des femmes… alors je pensais que vous pourriez me conseiller…

CLÉMENTINE

Moi, je ne sais pas… je n'ai pas l'habitude non plus…

CÉLIBATAIRE

Eh bien… vous pourriez me dire, d'abord, pour le pyjama…

CLÉMENTINE

Il faudrait que je vous voie en pyjama…

CÉLIBATAIRE

Oh ! Je vais le mettre, alors !

(Il commence à enfiler le pyjama.)

AURÉLIE

Et avec qui vous mariez-vous ?

CÉLIBATAIRE

Eh bien… avec une femme, n'est-ce pas…

AURÉLIE

Oui… je m'en doute…

CÉLIBATAIRE

Je la connais assez peu… c'est nos parents qui ont arrangé le mariage…

AURÉLIE

Et elle est jolie ?

(Il s'empêtre dans sa chemise.)

AURÉLIE

Viens là que je t'aide, ma crevette rose…

(Elle l'arrange.)

Là…

CLÉMENTINE

Elle est jolie, votre fiancée ?

CÉLIBATAIRE

Ah… ça… je me le demande…

CLÉMENTINE

Vous l'aimez ?…

CÉLIBATAIRE

Euh… ce n'est pas tellement que je l'aime, n'est-ce pas, mais nous sommes parfaitement assortis…

CLÉMENTINE, *grimace*

Ah…

CÉLIBATAIRE

Seulement, je n'ai pas l'habitude…

(Il enlève sa chemise de nuit.)

Alors ? Qu'est-ce que vous en pensez ?

CLÉMENTINE

C'est délicieux…

CÉLIBATAIRE

Ça fait plus viril, je crois…

AURÉLIE, *dubitative*

C'est tout de même plus enveloppant, vous savez.

CÉLIBATAIRE

Ah oui ? Comment ça ?

AURÉLIE

Enfin... au lit, un pyjama ? C'est assommant... on s'emberlificote...

CÉLIBATAIRE

Alors il faudra que je retire mon pantalon ?

AURÉLIE

Jeune homme, tâchez d'être décent !

CÉLIBATAIRE

Mais je suis complètement dans le noir, moi, madame... c'est la première fois que je me marie !...

CLÉMENTINE

Et vous pensiez qu'on allait vous donner une répétition ?

CÉLIBATAIRE

Ben non, mais... des conseils...

AURÉLIE

Eh bien, demain, retirez votre pantalon.

CÉLIBATAIRE

Mais alors j'éteins la lumière avant ?

AURÉLIE, *les yeux au ciel*

Oh ! Quel emplâtre ! Éteignez la lumière avant si vous voulez !

CÉLIBATAIRE

Mais je vais me casser la figure sur les meubles !

AURÉLIE

Arrangez-vous pour tomber où il faut.

CÉLIBATAIRE

J'ai un de ces tracs !

CLÉMENTINE

Aurélie… tu sais qu'il va être l'heure !

CÉLIBATAIRE

Vous partez déjà ?

CLÉMENTINE

J'ai beaucoup de visites, ce soir. Je ne peux pas chanter et faire la conversation.

CÉLIBATAIRE

Mais qu'est-ce que je vais devenir !

AURÉLIE

Ah, débrouillez-vous !

CÉLIBATAIRE

J'avais tant espéré de cette veillée d'armes !

CLÉMENTINE

Ça vous ennuie tellement de vous marier ?

CÉLIBATAIRE

Ah ! c'est un cauchemar ! Les problèmes que ça pose !

CLÉMENTINE

Eh bien, alors, ne vous mariez pas !

CÉLIBATAIRE

Comment, ne vous mariez pas ?

CLÉMENTINE

Partez de chez vous…

CÉLIBATAIRE

En mettant une fausse moustache ?

CLÉMENTINE

Par exemple.

CÉLIBATAIRE

Mais c'est une idée extraordinaire !

CLÉMENTINE, *modeste*

Mon Dieu… c'est une idée qui viendrait à tout le monde !

CÉLIBATAIRE

Oh… Vous êtes une fille formidable.

(Fiévreux.)

Il faut que je fasse ma valise !

(Il va la prendre et commence à la faire.)

Vous n'avez pas une fausse moustache ?

AURÉLIE

Pas sur moi, non…

CÉLIBATAIRE, *se ravise*

Oh… mais tout est fichu.

CLÉMENTINE

Quoi encore ?

CÉLIBATAIRE

Je ne sais pas où aller !

CLÉMENTINE

Eh bien… dans un hôtel ?

CÉLIBATAIRE, *illuminé*

Vous savez… vraiment, vous pensez à tout.

AURÉLIE

Vous avez eu de la veine qu'on soit là !

CÉLIBATAIRE

Ah ! Ça vous pouvez le dire !

(Il se frappe le front.)

Oh ! Il faut que j'écrive un petit mot pour maman !

(Il se précipite à sa table.)

CLÉMENTINE et AURÉLIE, *s'en vont*

Au revoir !

AURÉLIE

Au revoir !

CÉLIBATAIRE, *il les raccompagne*

Merci ! Encore une fois merci !

(Il revient.)

Ça ! Pour une idée, c'est une idée !

(Il fait un entrechat et va écrire à sa table.)

Vite ! Ma lettre ! Oh ! Ce que maman va rire !

RIDEAU

CINQUIÈME TABLEAU

DÉCOR. – *Une usine entièrement peuplée de jolis robots qui l'animent et la dirigent. Hall sombre, éclairs, courroies, machines, le tout dans des vapeurs et des bruits étranges. Dans l'obscurité verdâtre apparaissent les robots, de jolies filles en collants argent, avec de petites lampes rouges et vertes en guise d'yeux. Clémentine paraît. Un robot étoile mène le Ballet des robots.*

Puis Clémentine chante. Les petites lampes s'éteignent, une à une, les robots restent debout, complètement immobiles. Le robot étoile clignote sans pouvoir s'éteindre. Aurélie passe derrière, ouvre son sac à main, en tire une grosse matraque, fait « bang » sur son crâne et les deux dernières ampoules s'éteignent. Clémentine s'enfuit en courant avec des gestes d'adieu.

CHANSON

SIXIÈME TABLEAU

DÉCOR. – *Le trio a changé de quartier général. C'est maintenant un bureau, encore un peu nu, mais plein d'appareils téléphoniques.*

Robert téléphone, assis sur le bureau. Il y aura plusieurs sonneries et chaque fois il changera d'appareil.

ROBERT

Allô… Oui… C'est ici. Pour quand ? Demain soir ? Écoutez, je vais faire de mon mieux, mais vraiment je me demande si ce sera possible… Oui… Oui… Oui… Bon… Je ne vous promets rien… Votre adresse…

(Il note.)

Dans le 18e… ça va. Nous sommes en train de réorganiser nos services… des abonnements. Non, nous n'en prenons pas encore, mais dans quinze jours ce sera chose faite… Au revoir, monsieur.

(Il raccroche, une autre sonnerie retentit. Il décroche un autre téléphone.)

Allô… Oui… C'est ici… Vous auriez voulu pour demain soir… Je regrette, mais vraiment son emploi du temps est tellement chargé… Après-demain, je vais essayer…

(Il note.)

Avenue La Bourdonnais… Bon… Entendu, monsieur.

(Il raccroche, autre sonnerie, même jeu – À part :)

Oh… Ils ne vont pas me laisser une minute, ce matin… Allô… Oui… naturellement… Vous êtes un de nos premiers clients, il est juste que vous ayez un tour de faveur… demain soir… entendu… Au revoir.

(Il raccroche, se frotte les mains, note quelque chose. Il compose un numéro.)

Allô… monsieur Kyriano… Salut, Philippe.

(André paraît.)

Hum… Oui… Je vous rappellerai… J'ai quelqu'un…

(André fait une gueule sinistre.)

Ben, tu en fais une figure !

ANDRÉ

Laisse-moi.

ROBERT

Non, je ne te laisserai pas, tête de cochon. Dis-moi ce que tu as sur le cœur.

ANDRÉ

Non.

ROBERT

Bougre d'entêté, vas-tu parler ?

ANDRÉ

Pourquoi ?

ROBERT

Parce que.

ANDRÉ

Eh bien, si tu tiens à le savoir, j'en ai marre de passer toujours le dernier.

ROBERT

De passer le dernier ?

ANDRÉ

Depuis que je t'ai donné l'idée de notre société, qu'est-ce qui a changé, veux-tu me le dire ?

ROBERT

Comment, qu'est-ce qui a changé ? Mais tu es fou. Regarde ce bureau. Regarde tout ça, regarde-toi... regarde-moi...

ANDRÉ

Moi, je n'ai rien de différent, je gagne toujours 25 000 francs par mois et toi j'aime mieux ne pas te regarder quand tu as cette veste-là…

ROBERT

Qu'est-ce qu'elle a ma veste. Elle est coquette, non ?

ANDRÉ

Elle n'est pas à sa place sur toi.

ROBERT

Et où veux-tu qu'elle soit ?

ANDRÉ

Sur un cheval.

ROBERT

Tu sais très bien que nous n'avons pas encore les moyens d'acheter une écurie de courses. Et pourquoi me cherches-tu des crosses, toi, dis donc ?

ANDRÉ

J'ai pas le cœur à être optimiste.

ROBERT

Enfin, écoute… c'est formidable, tout ce qui nous arrive.

MUSIQUE, duo

(Fin de la musique, André reprend son air lugubre.)

ROBERT

Allez, je suis sûr que tu te sens mieux.

ANDRÉ

Non.

ROBERT, *écœuré*

Oh, alors ça. Il chante comme un pinson et aussitôt, on ferme le rideau de fer et revoilà le visage de bois.

ANDRÉ

C'est pas drôle.

ROBERT

Toi, tu finis par m'exaspérer, mon bonhomme.

ANDRÉ

Eh bien, toi aussi, tu finis par m'exaspérer, mon bonhomme. J'arrive chez Monsieur avec une suggestion formidable, une idée qui vaut de l'or, et voilà où ça me mène. Pas une fois elle n'a pu trouver le temps de venir me dire bonsoir. Quand j'ai pensé à ça, c'est pour moi que j'y pensais, figure-toi. C'est moi que je voulais qu'on cajole.

ROBERT

Tu es un sale égoïste.

ANDRÉ

Voilà un mois que ça dure, et je continue à m'endormir dans mon lit sans personne pour me border, ni m'embrasser ; et quand j'ai le malheur de me plaindre, on me rit au nez.

ROBERT, *rit*

On ne te rit pas au nez du tout.

ANDRÉ

Chaque fois que je demande une date… Oh, timidement, bien timidement, au lieu de faire un effort, on me dit qu'il y a trop de rendez-vous… qu'elle ne peut pas, que sais-je encore ? Sacré nom d'un chien, on ne traite pas les clients comme ça.

ROBERT

T'es pas un client, t'es le cofondateur de la firme. Tu fais partie de la direction.

ANDRÉ

Et parce que je fais partie de la direction, je dois me priver du produit ? À ce compte-là, Citroën aurait dû aller à pied.

ROBERT

Il allait à pied. C'est comme ça partout. Ce que tu fais, tu le fais pour les autres.

ANDRÉ

Eh bien, moi, ça ne me plaît pas, c'est tout.

ROBERT

Ton égocentrisme est proprement incommensurable.

ANDRÉ

Je vais donner ma démission.

ROBERT

À qui ? Puisque tu fais partie du personnel de direction ?

(Habillées comme pour sortir apparaissent au fond Janine et Clémentine.)

ANDRÉ

Je m'en irai, c'est tout.

JANINE

Excusez-moi.

(À Robert :)

Vous êtes prêt, vous ? Vous vous rappelez que nous avons rendez-vous à une heure ?

ROBERT

Naturellement, je me rappelle.

JANINE

Il est une heure cinq.

ROBERT

Ah… Eh ben, je me suis souvenu du rendez-vous mais pas de regarder ma montre. On y va.

JANINE

Allons… venez…

(À André :)

À tout à l'heure.

(Elle sort en entraînant Robert.)

Et répondez aux coups de fil.

ANDRÉ, *grognon*

Oui... Oui...

(André et Clémentine restent seuls.)

CLÉMENTINE

Excusez-moi... Je n'avais pas l'intention de surprendre cette explication.

ANDRÉ

Ce n'est pas une explication. Je n'ai pas d'explication à donner. D'ailleurs, on n'explique rien avec des mots.

CLÉMENTINE

Mais si, on peut expliquer tout, si on choisit les mots qu'il faut.

ANDRÉ

Vous croyez qu'ils se laissent choisir comme ça ? Non... il faut se fier au hasard, à la chance. Il faut espérer que l'autre devinera...

CLÉMENTINE

Moi, je suis trop bête pour deviner les choses ; j'aime bien qu'on me les explique. Dites-moi ce qui vous ennuie ?

ANDRÉ

Je ne peux pas.

CLÉMENTINE

Vous n'osez pas ?...

ANDRÉ

Ce n'est pas ça...

CHANSON ANDRÉ

(Fin de la chanson.)

CLÉMENTINE

Eh bien... Je ne comprends toujours pas. Je dois être un peu demeurée.

ANDRÉ, *vexé*

C'est pourtant clair... il n'y a pas besoin d'être très intelligent.

CLÉMENTINE

C'est possible... mais on m'a engagée pour chanter, et pas pour être intelligente.

ANDRÉ

Ça ne vous interdit pas de l'être.

CLÉMENTINE

Pourquoi est-ce que je me fatiguerais puisqu'il vous serait si simple de vous expliquer ?

ANDRÉ

Mais vous m'engueulez, ma parole !

CLÉMENTINE

Ma foi, ça ne vous ferait pas de mal, de temps en temps.

ANDRÉ

Charmant !

CLÉMENTINE

Je crois que vous avez besoin qu'on vous secoue. Ce découragement perpétuel, cette timidité, c'est une attitude un peu trop facile. C'est de la paresse, un point c'est tout.

ANDRÉ

Continuez !

CLÉMENTINE

Moi, je connais des gens un peu plus énergiques…

ANDRÉ

Citez-en…

CLÉMENTINE

Robert, par exemple… lui, au moins, il a eu l'idée de lancer cette affaire…

ANDRÉ

Comment !

CLÉMENTINE

Il se donne du mal ! Il essaie de faire quelque chose, au moins… Ou Kyriano.

ANDRÉ

Ah… Oui… parlons-en un peu, de celui-là…

CLÉMENTINE

Il est étrange… on devine une nature romantique.

ANDRÉ

Oh ! Assez !

CLÉMENTINE

Il a un charme bien spécial, d'ailleurs…

ANDRÉ

Vous êtes ridicule ! Il se moque de vous… et c'est un crétin…

CLÉMENTINE

Vous ne le connaissez pas… Moi, j'avoue qu'il me touche.

ANDRÉ

Eh bien, gardez-le ! Moi, je n'entendrai pas ça une minute de plus…

CLÉMENTINE

Il est riche… il est puissant… il est dangereux…

ANDRÉ

Si c'est ça votre idéal… ne vous gênez pas… d'ailleurs personne n'en a jamais entendu parler…

(Il ferme les tiroirs, cherche ses affaires, se lève.)

Au revoir.

CLÉMENTINE

Vous partez ?

ANDRÉ

Oui… ça me suffit. J'ai assez fait l'imbécile pour aujourd'hui… et pour demain aussi…

CLÉMENTINE

On vous regrettera…

(Elle déplie Le Figaro.*)*

ANDRÉ, *sarcastique*

Qui ça, on ?

CLÉMENTINE, *taquine*

Robert vous regrettera sûrement…

ANDRÉ

Tant mieux… au revoir…

CLÉMENTINE

Vous ne m'embrassez pas ?

ANDRÉ, *suffoqué, hésite puis se ravise*

Ça va comme ça…

(Il sort – Clémentine rit et se met à chanter en lui envoyant un baiser.)

RIDEAU

SEPTIÈME TABLEAU

INTERMÈDE

La rue. Musique triste. André, le col relevé, marche sous la pluie. S'arrête près d'une affiche de Mademoiselle Bonsoir. *Un gosse passe, distribue des prospectus. Il lui en reste un qu'il donne à André. André le regarde, le gosse lui sourit.*

GOSSE

Tiens, prends-le, c'est le dernier qui me reste.

ANDRÉ

Merci.

GOSSE

T'as pas une pipe, patron ?

ANDRÉ

Une pipe ?

GOSSE

Une tige de huit. Une sèche, une cigarette, quoi !

ANDRÉ

Tu fumes, toi, à ton âge ?

GOSSE

Quoi, à mon âge… y en a qui sont déjà morts, à mon âge, alors pourquoi que je fumerais pas ?

ANDRÉ

C'est juste.

(Il lui donne une cigarette.)

GOSSE

Merci, papa. Un peu de lumière ?

(André lui allume la cigarette.)

GOSSE

Dis, t'as un bath[1] de lance-flamme !

ANDRÉ

Tu le veux ?

(Il le lui donne.)

1. Super.

GOSSE

Oh, ça alors, toi t'es un peu champion, hein, moi je croyais que tu voulais te marrer…

ANDRÉ

Dis-moi, toi, tu ne connaîtrais pas un endroit où je pourrais aller dormir ce soir ?

GOSSE

T'as pas de chez-toi ?

ANDRÉ

Je ne peux pas y retourner.

GOSSE

Vu. Tu as eu un accrochage avec ta môme.

ANDRÉ

Non. C'est simplement que je ne veux pas y retourner. Ça me donne le cafard. Je veux recommencer. Repartir à zéro.

GOSSE

Alors viens chez moi, c'est à peu près ça. Mais tu vas te faire remarquer avec un lardeuss[1] comme ça. Tu veux pas qu'on aille le fourguer ?…

ANDRÉ

Pourquoi ?

1. Manteau chic.

GOSSE

Ben, tu comprends, si je t'amène comme ça là-bas, i vont m'acheter…

ANDRÉ

???

LE GOSSE

Oui, i vont me mettre en boîte, quoi… Amène-toi, je connais un chineur du tonnerre, i va te prendre ta pelure, i t'en refilera une autre, et t'auras du pognon en plus. On a toujours besoin de pognon, 'pas[1] ? Si tu veux repartir à zéro pour de bon, débarrasse-toi de ce qui t'encombre.

ANDRÉ

D'accord. Comment t'appelles-tu ?

GOSSE

Michel. Et toi ?

ANDRÉ

André.

GOSSE

On est potes ?

ANDRÉ

On est potes…

GOSSE

1. N'est-ce pas ?

Tu vas voir, on va aller un peu loin, nous deux…

(Ils s'éloignent et sortent de la scène.)

HUITIÈME TABLEAU

BALLET DES CLOCHARDS

Décor misérable et un peu sauvage. Quartier de maisons en ruine hantées par les clochards. Squelettes de maisons. Un escalier qui s'arrête en l'air, ne va nulle part. Des sortes de grottes où brillent de petits feux, où pend le linge. Une musique de bandonéon s'élève et prend la forme d'un tango. Les clochards se groupent : les uns chantent en chœur, les autres, peu à peu, dansent. Tous sont irrévocablement barbus. Il pleut.

TANGO DES CLOCHARDS

(Au milieu du tango, éclaircie, la lune revient. Puis arrivent Michel et André. La musique s'apaise.)

MICHEL, *regarde André*

Quand même, je t'aime mieux comme ça, t'sais. T'as moins l'air d'un cave.

ANDRÉ

Oui ?

MICHEL

Je ne sais pas si ça te fait la même chose, mais moi j'ai horreur d'être remarqué.

ANDRÉ

Oui, je suis un peu comme ça aussi…

MICHEL

Tu t'adaptes pas mal, pour un vieux.

ANDRÉ, *un peu surpris, se reprend*

Ça me fait plaisir.

MICHEL

Tu vas bouffer avec nous.

(Il appelle.)

Ohé ! Ohé !

(Deux barbus s'approchent de lui.)

Voilà… ça c'est André… Un pote !

(On se serre la main.)

1er CLOCHARD

Bonjour…

2e CLOCHARD

Vous venez vivre avec nous, cher monsieur ?

ANDRÉ

Eh bien, peut-être un petit bout de temps…

1er CLOCHARD

Ben, vous tombez bien… ce soir, c'est un jour de gala…

2e CLOCHARD

On lui laisse la surprise ?

1er CLOCHARD

Naturellement, mon cher !

(Regarde un réveil qu'il porte au bout d'une chaîne dans sa poche.)

D'ailleurs, ça ne va pas tarder. Mon Oméga va exploser.

(Le réveil sonne.)

Ça y est !

MICHEL

Vous avez de quoi tortorer[1], les enfants ?

1er CLOCHARD

Premier service !

(Tend un bout de pain et de saucisson.)

1. Manger.

2e CLOCHARD, *tend un litron*[1]

Voilà les spiritueux, baron !

(Les deux clochards, André et Michel vont s'asseoir d'un côté de la scène. Puis, soudain, on entend l'indicatif de Clémentine. André se lève en sursaut.)

ANDRÉ

Qu'est-ce que c'est que ça !

1er CLOCHARD

C'est ça la surprise, mon pote. On s'est tous cotisés pour la faire venir. C'est que ça coûte cher hein, ce truc-là !

ANDRÉ

Je sais… Je sais…

1er CLOCHARD

Tu l'as déjà fait venir, toi ?

ANDRÉ

Non… c'est la première fois…

2e CLOCHARD

En position, les gars !

(Il se dissimule dans son col et son chapeau. Un clochard passe distribuer des couvertures à tout le monde. Tous les clochards sortent de la maison et s'installent. Clémentine

1. Bouteille d'un litre.

arrive. Elle chante – Tout le monde l'écoute religieusement.)

1er CLOCHARD

Formidable.

2e CLOCHARD

Du tonnerre.

3e CLOCHARD

Ça valait le coup.

CLÉMENTINE

Merci…

(Elle va pour s'en aller.)

1er CLOCHARD

Et alors ! Et la bise !

2e CLOCHARD

La bise, marquise !

CLÉMENTINE

C'est juste.

(Elle commence à les embrasser, arrive à André, l'embrasse. Ça se prolonge. Enfin, elle se dégage.)

ANDRÉ

Que voulez-vous… ce sont les inconvénients du métier…

CLÉMENTINE

Oh !

(Elle a un réflexe et le gifle.)

Idiot !

ANDRÉ

Dites donc !

CLÉMENTINE

Ah ! tant pis ! Vous m'avez fait peur, aussi !

(Elle se sauve, André se redresse, Michel regarde, l'air soupçonneux.)

MICHEL

Tu la connais…

ANDRÉ

Je la connaissais…

MICHEL

Zut, alors… Tu vas me laisser tomber…

ANDRÉ

Tu es idiot, écoute !

MICHEL

Une beigne comme ça, elle est sûrement amoureuse de toi…

André

Toi, alors, pour la psychologie…

Michel

Ah, ça va ! pas de grands mots ! Je sais ce que je sais ! Y a qu'à voir comment elle t'a embrassé…

André

Tiens… Y a quelque chose… dans ce que tu dis. Bouge pas ! Ça me donne une idée…

Michel

Elle t'aime, je te dis !

André

(*Chanson*)

Moi je te dis qu'elle ne m'aime pas.

(Ils avancent, en la chantant, au proscenium, et le rideau se ferme derrière eux pour le changement de décor.)

Michel

Ben moi, j'te dis qu'elle t'aime.

André

On va bien voir !

(Regarde sa montre.)

Amène-toi… Je sais où elle sera dans une heure…

(Ils filent sur la largeur de la scène, disparaissent. Le rideau se rouvre, ils réapparaissent à l'autre bout. C'est un musée de sculpture.)

NEUVIÈME TABLEAU

DÉCOR. – *Musée de sculpture. Murs de fond neutres. Socles, statues nues diverses, autant que possible reconnaissables (la* Vénus de Milo *dont les bras noirs, sur fond noir, seraient invisibles,* Le Penseur *de Rodin,* Le Baiser, *idem, la* Victoire de Samothrace, *le* Discobole, *etc.). Un lit de marbre blanc genre Canova.*

Le gardien de musée fait sa ronde avec sa petite lanterne. Il passe et disparaît. Aussitôt, de derrière deux socles de statues sortent André et le gosse.

ANDRÉ

T'es prêt ?

MICHEL

Je suis prêt.

ANDRÉ

Il va repasser dans deux minutes. Tu lui passes le foulard sans serrer.

MICHEL

D'ac.

ANDRÉ

Moi, je l'endors et je l'allonge sur le lit.

(Il regarde sa montre.)

Elle ne va pas tarder…

MICHEL

Elle fera bien… ce que tu as l'air énervé !

ANDRÉ

Dis donc… tu ne te rends pas compte de ce qu'on risque… D'habitude, il suffit de donner de l'argent, mais cet animal-là, il est incorruptible…

MICHEL

Ça nous fera des économies. Tant pis pour sa pomme. Attention le revoilà !

(Le gardien revient. Ils se cachent derrière le socle et, au moment où il passe, attaque concertée. Il tombe sans faire ouf.)

ANDRÉ

Doucement !

MICHEL

Il dort comme un petit ange.

ANDRÉ

Pauvre vieux !

MICHEL

Toi, t'es fort… Tu assommes un gars et après tu le plains !

ANDRÉ

Songe donc… il attendait Clémentine.

MICHEL

Quand même, tu sais, risquer la tôle pour te faire embrasser, c'est chéro…

ANDRÉ

Brute sans poésie !

MICHEL

Tu ferais mieux de lui dire ce que tu ne veux pas lui dire et l'épouser tout bêtement.

ANDRÉ

Tu es fou. Jamais elle n'acceptera de m'épouser. Elle n'arrête pas de m'engueuler. Et elle aime Kyriano.

MICHEL

Ah, la barbe avec celui-là… Personne a jamais eu peur de Kyriano… Je les connais, les vrais gangsters…

(À part :)

Allez, Michel, n'insiste pas !…

(On entend l'indicatif.)

La voilà ! Cache-toi !

(Vite, il met une casquette, des lunettes, une moustache à nez rouge, s'enveloppe d'une vieille couverture et va s'étendre sur le lit de marbre.)

ANDRÉ

Crénom, ce que c'est dur !

MICHEL

Faut savoir souffrir sans se plaindre.

(Entre Clémentine.)

CLÉMENTINE

Bonsoir !

(Grognement d'André.)

La musique commence et elle chante. Les statues manifestent un certain intérêt, s'étirent, descendent de leur socle, ouvrent de petits placards dans lesdits socles et se vêtent d'oripeaux divers. On met une tête à la Victoire de Samothrace, *des bras à la* Vénus de Milo, *etc.*

Les deux partenaires du Baiser *de Rodin se séparent et commencent à se quereller*. Le Penseur *qui en a assez de penser se met à faire de la gymnastique suédoise. André se lève et danse avec Clémentine.*

La chanson s'achève. La musique va s'arrêter. Toutes les statues se dévêtent, remontent sur leur socle. Quand retentit la dernière note, l'obscurité se fait, tout est immobile, André est recouché. Clémentine se penche pour lui donner le baiser et il la serre vigoureusement contre lui.

CLÉMENTINE

Aurélie !

ANDRÉ

Clémentine !

CLÉMENTINE

Oh ! C'est vous !

ANDRÉ

Oui…

(Il la lâche.)

CLÉMENTINE

Vous n'avez pas honte !

ANDRÉ

Non !

CLÉMENTINE

Vous êtes un…

ANDRÉ

Un quoi ?

CLÉMENTINE

Je ne connais pas de mots assez vigoureux !

ANDRÉ

Un type infect !

CLÉMENTINE

Pire que ça !

ANDRÉ

Une abjecte fripouille !

CLÉMENTINE

Pire !

ANDRÉ

Un dégueulasse et un satyre !

CLÉMENTINE

C'est dégoûtant, je vous dis.

ANDRÉ

Allons, vous avez détesté ça ?

CLÉMENTINE

Oui !

ANDRÉ

C'est pas vrai !

(Il l'attire à lui et veut recommencer. Elle se dégage, le gifle et s'enfuit.)

CLÉMENTINE

C'est bien la dernière fois que je me laisse prendre !

(Elle disparaît.)

ANDRÉ

Bigre ! Deux dans la même soirée !…

MICHEL

Dis donc ! Elle a vraiment la main leste, la frangine !

ANDRÉ

Ah ! Ce baiser !

MICHEL

Ah !… Cette calotte ! T'avais raison… elle peut pas te piffer, cette gonzesse.

ANDRÉ

Tu ne comprends rien aux sentiments !

MICHEL

Si c'est ça les sentiments… j'aime mieux ne rien comprendre et rester entier !

ANDRÉ

Allons… remettons-le sur son lit !

MICHEL, *aide André, ils empoignent le gardien et le couchent)*

Eh ben, toi, mon vieux, tu peux dire que tu l'as échappé belle…

FINAL AVEC LES STATUES

DIXIÈME TABLEAU

DÉCOR. – *Une salle dans laquelle Robert et Janine vont procéder aux tests des candidates au titre de Mademoiselle Bonsoir. Il y a six lits en demi-cercle sur la scène, un bureau, aux murs des affiches : « Quelques-unes de nos références », avec portraits de Staline, etc., embrassés par Mademoiselle Bonsoir. Un paravent à droite.*

Au lever du rideau, des femmes de ménage font les lits. Une autre passe l'aspirateur et, au milieu de son travail, tandis que la musique devient orientale, elle joue les charmeuses de serpent avec le tuyau. Petit ballet des femmes de ménage.

Entre Robert. Il se frotte les mains.

ROBERT

Ah… Ah ! Tout est en place pour les essais ?

(Janine entre aussitôt après lui.)

JANINE

Les lits sont prêts ?

FEMMES DE MÉNAGE, *garde-à-vous*

Tout est paré.

ROBERT

Alors, mes chères dames, vous pouvez disposer !

(Il les congédie gracieusement.)

JANINE

Nos candidates sont là ?

ROBERT

Elles attendent.

JANINE

Faites-les entrer tout de suite. Il faut les habiller.

(Une habilleuse arrive, poussant un râtelier roulant des robes. Robert fait entrer les filles. Toutes en peignoirs de couleurs différentes.)

Passez derrière ce paravent, mesdemoiselles, et habillez-vous !

(Elles passent, en vue du public, devant le paravent et commencent à s'habiller. Chacune a une robe assortie au peignoir.)

Où sont les cochons d'Inde ?

ROBERT, *sans comprendre*

Les cochons d'Inde ?

JANINE, *impatiente*

Eh oui ! Les sujets de cette expérience…

ROBERT

Ah ! Les cobayes !

JANINE

Alors ? C'est bien ce que je disais ! Les cochons d'Inde ! Ils sont en tenue ?

ROBERT

Ils sont en tenue.

(Durant ce temps, le machiniste a achevé d'installer les lits.)

Je vais les chercher.

(Il passe à droite et ouvre une porte.)

Messieurs, par ici !

(Entrent six célibataires boutonneux en pyjama voyant.)

JANINE

Parfait !

ROBERT

Voulez-vous vous étendre sur ces lits en position de décubitus dorsal ?

LES SIX, *en chœur*

Oui, monsieur.

ROBERT

Y en a-t-il un de vous qui ait besoin d'autre chose ?

UN DES SIX

Moi, monsieur... Je voudrais une tasse de verveine.

ROBERT

Mais il est six heures du matin !

UN DES SIX

Ça ne fait rien, monsieur, à n'importe quelle heure du jour ou de la nuit, la verveine m'élève l'âme et me calme mes aigreurs.

ROBERT

Parce que vous avez des... bon ! bon !

(Il va au téléphone.)

Allô ? le standard ? Voulez-vous envoyer quelqu'un chercher une ignoble tasse de verveine ? Merci !

(Il raccroche.)

UN DES SIX

Avec du citron, s'il vous plaît !

ROBERT

Ah, zut ! Vous la boirez sans citron.

UN DES SIX

Mais c'est tellement plus joli avec du citron... Ça la décolore !... Ah, là là...

(Il ronchonne. Coup à la porte. Entre le pédé du début.)

PÉDÉ

Oh ! Mais c'est merveilleux ! Je vois que vous avez suivi ma suggestion ! Les jolis petits garçons… et on peut choisir ! Oh ! C'est admirable, je vous jure ! Quelle organisation !

JANINE

Encore la bicyclette ! Voulez-vous me foutre le camp !

PÉDÉ

Écoutez, vous êtes sanguinaire, vous, la rouquine. J'ai jamais vu une méchante comme ça.

JANINE

Sortez d'ici, demi-giclée, sinon…

PÉDÉ

Je resterai là, et si vous voulez me faire sortir, je fais pipi par terre et je me roule dedans !

(Janine a été faire un signe aux filles et elles émergent du paravent, provocantes. Le pédé pousse un cri d'horreur.)

Jésus ! Des filles ! C'est un guet-apens ! Quelle horreur ! Au secours !

(Il s'enfuit.)

JANINE

Quel choléra, celui-là ! Allez mes petites, passez par ici.

(Les six garçons se fourrent la tête sous les draps.)

ROBERT

Allons, messieurs, un peu de courage !

2e DES SIX

Excusez-nous, on est timides.

4e DES SIX

On n'a pas l'habitude.

3e DES SIX

De voir tant de dames…

5e DES SIX

À la fois.

1er DES SIX

De sorte que…

6e DES SIX

… On se cache !

ROBERT

Vous, mademoiselle… passez la première !

(La fille avance et chante – Les six écoutent religieusement.)

FILLE

Une souris verteu eu…
Qui courait dans l'herbeu eu…
etc.

(À la fin du premier couplet, elle embrasse les six l'un après l'autre et revient à sa place.)

ROBERT

Alors, messieurs ?

JANINE

Quelles sont vos impressions ?

(Les six sortent tous leurs jambes du lit et posent les pieds par terre. Pas de claquettes bien synchronisés.)

LES SIX

Ça ne va pas (*bis*)

On ne dort pas (*bis*)

On ne veut pas (*bis*)

De celle-là (*bis*)

ROBERT, *à la fille*

Mademoiselle, je suis désolé… mais nous avons là les meilleurs célibataires de la place de Paris… les plus sentimentaux, les plus timides, leur avis est sans appel… Voyez-vous, il manque peut-être un peu d'arrondi dans le timbre… de l'onctueux.

(Il lui passe la main dans le dos.)

On ne peut pas vous dire que cela fasse défaut d'un autre côté…

JANINE

Robert !

(Il retire la main très vite.)

Mademoiselle, après un peu de travail, vous pourrez, je crois, passer le test avec succès. Au revoir. La suivante.

ROBERT

Mesdemoiselles, s'il vous plaît…

(Deux filles s'avancent et chantent en duo.)

CHANSON – 2e *couplet*

LES SIX, *même jeu*

Ça ne va pas, ça ne va pas

On ne dort pas, on ne dort pas

On ne veut pas, on ne veut pas

De celle-là

ROBERT

Écoutez, je trouve que vous êtes peut-être un peu difficiles. Elle a du chien, cette petite…

JANINE

Robert, ne remettez pas en question la validité de jugement de nos célibataires d'essai.

ROBERT

Bon, bon.

(Il raccompagne les filles à la porte en leur chuchotant des choses et note visiblement leur adresse.)

JANINE

La suivante !

(Troisième couplet chanté en trio.)

(Cette fois, les six paraissent conquis, sauf cependant celui à la verveine qui se redresse et dit :)

UN DES SIX

Ce ne serait pas mal ; mais de toute façon, je refuse de dormir avant d'avoir eu ma verveine !

JANINE

Oh ! zut pour votre verveine !

UN DES SIX

Il n'y a rien de meilleur que la verveine…

JANINE

Assez !

(Subjugué, il se recouche.)

JANINE

Vous êtes engagées, mes petites… passez à côté et donnez votre nom et adresse au secrétariat. La dernière voyons…

(La quatrième déplie les ailes rouges, car elle vient de la planète Mars, et chante une chanson extrêmement insolite à l'issue de laquelle on entend six ronflements sonores.)

ROBERT

Vous êtes prise !

(Il bâille.)

Aaaaah !

(On frappe à la porte.)

Entrez !

(Entre Kyriano portant une tasse de verveine.)

KYRIANO, *signe d'intelligence*

La standardiste m'a donné ça pour vous !

(À part :)

Faut que je vous voie…

ROBERT, *lui fait signe de se taire*

Pour moi ! Quelle horreur ! Posez ça là.

(Kyriano obtempère.)

Bon ! Janine, le suivant, s'il vous plaît !

(À Kyriano :)

Jouez le jeu !...

(Janine écoute attentivement.)

KYRIANO, *très vache*

Dites donc... vous avez envie de vivre vieux ?

ROBERT

Pardon ?... mais... c'est que...

KYRIANO

C'est comme ça que vous recevez vos clients ?

ROBERT

Excusez-moi... je ne... à qui ai-je l'honneur ?

(Kyriano lui tend une carte.)

Monsieur Kyriano ! Oh ! Excusez-moi ! Asseyez-vous...

KYRIANO

Je n'ai pas le temps... vous m'écoutez ?

ROBERT

Mais certainement, monsieur Kyriano.

KYRIANO

Voilà, j'ai cinq cent mille francs sur moi. Je vous les donne. Laissez tomber la petite... Ne vous occupez plus de rien et vous en recevrez cinq cents de plus dans quinze jours.

ROBERT

C'est impossible… elle nous est indispensable. Non, monsieur Kyriano, autant de séances que vous voudrez, mais l'exclusivité… impossible.

KYRIANO

Mes affaires m'obligent à quitter Paris et je ne vois pas d'autre solution.

ROBERT

Écoutez, vraiment… vous nous en demanderiez une autre, encore… mais Clémentine… impossible.

KYRIANO

Je le regrette pour vous…

(Le sixième célibataire se relève, l'air somnambulique, va prendre la verveine, la boit et se recouche dans le même style.)

JANINE

Vous êtes prise !

KYRIANO

C'est votre dernier mot ?

JANINE

Qu'est-ce que c'est… Qu'est ce monsieur ?

ROBERT

Un de nos clients… Monsieur Kyriano, Janine, mon associée. Monsieur Kyriano nous offre un million pour l'exclusivité de Clémentine…

KYRIANO

Persuadez monsieur que c'est la meilleure solution, mademoiselle, je regrette, mais je m'absente de Paris et je ne puis me passer d'elle.

JANINE

Eh ben vous ferez comme si vous pouviez !

(Robert jubile.)

KYRIANO

Comment ?

JANINE

Comme ça, monsieur… en partant sans elle… et si j'ai un conseil à vous donner, c'est de ne pas revenir.

KYRIANO

Pardon ?

JANINE

Les clients comme vous, monsieur Kyriano, on les subit… on ne les cherche pas.

(Un silence – Kyriano se lève, prend son chapeau et sort.)

KYRIANO

Vous aurez de mes nouvelles.

ROBERT, *faussement atterré*

Eh ben ! Quelle tuile !

JANINE

Quel débarras, oui !

ROBERT

Un million qui nous passe sous le nez !

JANINE

Clémentine vaut mieux que cela…

ROBERT

Quelle affaire !

JANINE

Je ne regrette qu'une chose, c'est qu'André n'ait pas été là… impossible de remettre la main sur cet imbécile… Il l'aurait expédié le Kyriano… Enfin… Je vais faire passer un communiqué aux journaux.

ROBERT

Kyriano va se venger. Mais quelle publicité !…

JANINE

Clémentine va partir de Paris. D'ailleurs elle a besoin de repos. D'ici deux jours ses remplaçantes seront en état de fonctionner ! Entre-temps, on va la surveiller.

(Les célibataires commencent à grouiller.)

Mais nous reparlerons de tout ça. Au travail !

ROBERT, *se frotte les mains*

Quelle affaire !

(La porte s'ouvre, rentre le pédéraste du début, personne ne le voit.)

Au travail ! Allez, mes cochons d'Inde ! Réveillez-vous !

(Elle décroche un clairon et joue Lève-toi soldat *et le voit.)*

JANINE

Encore vous ! Quel poison !

PÉDÉ

Écoutez, c'est trop tentant tout de même, alors je suis revenu voir, si jamais vous vous ravisez…

JANINE, *lui colle le clairon dans la main*

Tenez, rendez-vous utile !

PÉDÉ

Mais je ne sais pas jouer de cette terrifiante mécanique ! Qu'est-ce qu'il faut faire ?

JANINE

Vous savez très bien ! On met ça devant sa bouche et on fait Ta ta ta ratata !

PÉDÉ

Oh ! C'est formidable !

(Il essaie, ça marche.)

C'est merveilleux !

(Il s'élance et sort en voltigeant.)

RIDEAU

ONZIÈME[1] TABLEAU

DÉCOR. – *La chambre d'un Académicien. Au lever du rideau, André, en valet de chambre, est en train de pomponner le duc della Biblioteca, un vieil Académicien légèrement affaissé, en blouse blanche, dans un fauteuil.*

DUC

Attention ! Attention ! mon ami, vous m'arrachez la peau ! Pas si fort !

ANDRÉ

Que monsieur m'excuse…

DUC

Ah ! Quel contretemps, aussi, pourquoi Émile est-il justement malade ce jour-là ! Enfin ! C'est encore une chance qu'il ait pensé à se faire remplacer. Hum… Main-

1. Ce tableau provient d'une autre version tapuscrite, que Vian a décidé d'insérer à cet emplacement en le numérotant Dixième tableau. Tous les tableaux ont été renumérotés jusqu'à la fin.

tenant, vous allez me peigner la barbe avec le peigne numéro quatre, là sur la coiffeuse.

ANDRÉ

Bien monsieur.

(Il prend le peigne et commence à l'affûter comme un grand couteau.)

DUC

Que faites-vous ?

ANDRÉ

C'est une vieille habitude, monsieur… Pardonnez-moi… J'ai été boucher…

(Il éprouve le tranchant du peigne sur son pouce.)

Si monsieur veut bien renverser la tête en arrière.

DUC, *inquiet*

Bon. Allez-y. Dites, mon ami… Comment est-elle cette petite qui doit venir tout à l'heure ? Je me suis embarqué dans cette aventure un peu à la légère, je l'avoue, et principalement sur le conseil de mon vieil ami Tronçon-Lagoutte qui m'a confié que cette demoiselle avait de fort jolis seins…

(André lui arrache un poil.)

Aïe ! Un peu de douceur… Quel sauvage !

ANDRÉ, *sinistre*

Le peigne a glissé…

DUC

Une barbe que j'entretiens depuis soixante-cinq ans… respectez-la, mon jeune ami… vous n'en trouverez pas beaucoup d'aussi authentiques…

ANDRÉ

La barbe de monsieur le Duc est admirable, j'en conviens…

DUC

C'est bon… bref, pour en revenir à cette jeune personne, Tronçon-Lagoutte me suggérait de faire semblant de dormir ; quand elle se penche sur vous, il paraît que l'on peut entrevoir la naissance de sa poitrine… Ouille ! Ouille ! Écoutez, mon ami, vraiment, si vous ne faites pas plus attention à ma barbe, je vais vous mettre dehors.

ANDRÉ

C'est que les descriptions de monsieur le Duc sont faites dans un style si évocateur… cela me trouble… Ma main tremble…

DUC

Ah !… Vous êtes excusable d'être sensible à la bonne littérature… car vous savez tout de même qu'à l'Académie, eh bien, nous nous défendons. Il y a quelques jeunes, naturellement, des Pagnol qui parlent argot… mais ça ne durera pas, la tradition les absorbera.

ANDRÉ

Si monsieur le Duc veut bien quitter la blouse…

DUC

Non ! D'abord parfumez-moi légèrement la barbinette… Le vaporisateur est là…

(André le prend.)

Je m'en vais troubler cette coquine avec mon Eau de Lubin[1].

(André le vaporise dans l'œil, il hurle.)

ANDRÉ

Je suis un peu nerveux, monsieur le Duc, mes fonctions ordinaires auprès de la Comtesse Roquempoil ne m'ont guère préparé à cet honneur…

DUC

C'est vrai que vous me fûtes envoyé sur la recommandation de cette vieille amie… dites… pensez-vous qu'il serait séant que je revêtisse à tout le moins mon habit vert ?…

ANDRÉ

Mon Dieu…

1. Pierre-François Lubin créa sa maison de parfumerie après la Révolution, en 1798. Il fournit rubans parfumés, masques de bal et poudres de riz, mais surtout sa fameuse « Eau vivifiante » qui deviendra l'Eau de Lubin.

DUC

Je le crois aussi. Veuillez me le passer, s'il vous plaît. Je m'étendrai sur le Récamier… à mon âge, on ne saurait trop s'entourer de mise en scène pour produire bonne impression…

(André lui passe l'habit.)

Bien… Bien… Alors, n'est-ce pas, dès que le timbre retentit, vous m'aiderez à m'étendre. C'est drôle… Je me doute bien qu'il doit s'agir d'une sorte de prostitution à domicile, mais je suis impatient comme un collégien.

(Le timbre retentit.)

La voilà… le Récamier… vite !

(Il s'étend, aidé par André.)

(Entre Clémentine suivie d'Aurélie qui va directement à l'Académicien sans voir André. Elle le scrute et s'amuse.)

CLÉMENTINE

C'est raté… vraiment tout à fait raté… On ne s'y tromperait pas une seconde… votre dernier déguisement était plus réussi !

DUC

Mais mademoiselle… je vous en prie !

CLÉMENTINE

Cette barbe d'étoupe, c'est d'un ridicule ! Où achetez-vous ça ? Chez Dieudonné ?

DUC

C'est intolérable !

CLÉMENTINE, *tire la barbe*

Enlevez ça, voyons… et soyez de votre âge !

DUC

André ! André ! Voulez-vous appeler la police ! C'est une folle, ma parole !

CLÉMENTINE, *regarde André*

Oh ! André !?…

(Elle se rend compte de son erreur.)

Espèce de crétin !

(Elle le calotte et s'enfuit – André reste bouche bée tandis que l'Académicien trépigne.)

DUC

Mon épée ! Mon épée ! Je vais laver cet affront dans le sang !

ANDRÉ

Clémentine !… Elle m'a giflé pour la troisième fois. Michel a raison. Cette femme me hait.

DUC

Remuez-vous, grand mollasson !

ANDRÉ, *l'empoigne par le revers*

Qu'est-ce que je vais faire, moi, alors ! Tu te rends compte, vieux machin !

DUC

Ça y est ! Ça le gagne ! Il est fou ! lui aussi ! Il me tutoie ! À la garde ! Émile ! Émile !

(Il sort en hurlant, tandis qu'André se frotte la joue et que le rideau tombe.)

DOUZIÈME TABLEAU

DÉCOR. – *Une fabrique de masques.*
Au lever du rideau, André essaie des têtes pendant que Michel fait l'imbécile.

ANDRÉ

Comme ça, je dois la séduire à coup sûr.

MICHEL

Comment ?

(Il regarde.)

Oh ! Ce que tu es tarte !

ANDRÉ

Je suis tarte ! Et comme ça ?

MICHEL

Comme ça, tu es encore pire.

ANDRÉ

T'es jamais content.

MICHEL

Je commence à être fatigué.

ANDRÉ

De quoi ?

MICHEL

Je t'ai amené chez mes amis, tu as trouvé un bon travail ; et tout l'argent que tu gagnes, au lieu de le mettre de côté pour épouser ta souris comme tout le monde, tu le claques à t'introduire dans des endroits impossibles pour te faire embrasser rien qu'une fois. Moi, si j'étais comme ça avec les filles, je me ferais traiter d'andouille par les potes.

ANDRÉ

Je suis bien forcé de changer de nom à chaque coup. Il faut que je sache, quand même !...

MICHEL

Et ça va durer comme ça toute ta vie ?

ANDRÉ

Ça va bien changer un jour. J'en aurai le cœur net.

MICHEL

Ça changera pas tout seul. Si ça doit changer, c'est toi qui peux y faire quelque chose.

ANDRÉ

Je ne peux pas. Si elle refuse, je me suicide. Et je ne tiens pas du tout à me suicider.

MICHEL

Ah, t'es pas sérieux, André. T'es qu'un gosse, tiens. Tout ça, c'est du romantisme de bazar.

ANDRÉ

De bazar !

MICHEL

Oui, de bazar. Enfin, t'es introduit, tu te fais vingt-cinq sacs dans ta semaine avec un métier honnête. Ça ne peut que s'améliorer parce que la ferraille, y en aura toujours, et t'es là à te camoufler en druide pour resquiller un patin. Oh ! tu me fais mal !

ANDRÉ

Ce que tu es râleur.

MICHEL

Non, je ne suis pas râleur, je suis de mon âge. Mais toi, alors… je te jure, je te connaîtrais pas comme ça, comment je te laisserais choir…

ANDRÉ

Tu vois… toi aussi t'es un sentimental !

Michel

Ah ! Zut !

(André se met un dernier masque et commence à chanter. Thème : « Devinez qui je suis ».
À la fin de la chanson apparaît une des filles engagées précédemment.)

André

Vous avez été bien longue !

Pamela

Excusez-moi, monsieur, mais je ne suis pas encore bien habituée. Le dernier client m'a retenue plus longtemps qu'il ne fallait.

André, *sursaute au son de cette voix*

Mais, qui êtes-vous ? Où est Clémentine ?

Pamela

Mais… je ne sais pas, monsieur…

André

Comment vous ne savez pas ?

Pamela

Je crois qu'elle est en congé, monsieur…

André

En congé ?

PAMELA

Elle était très fatiguée ; c'est pour ça que nous avons été engagées ; pour qu'elle puisse se reposer un peu.

ANDRÉ

Mais elle est à PARIS ?…

PAMELA

Elle doit quitter Paris incessamment, monsieur, mais personne ne sait où elle va. Il ne faut pas qu'elle soit dérangée par les journalistes et elle va partir sans prévenir. Mais je ne devrais pas vous dire ça…

ANDRÉ

Vous faites bien de me dire cela ! Sans ça !

(À Michel :)

Je file.

MICHEL

Où tu vas ?

ANDRÉ

Chez elle ! la voir… lui parler…

MICHEL

Ah ! Tu te décides !

ANDRÉ

Attends-moi là.

(Il sort.)

MICHEL

Bon vent ! Ouf !

PAMELA

Mais qu'est-ce qu'il a ? Qu'est-ce que je dois faire ?

MICHEL, *s'étend voluptueusement sur le lit*

Vous êtes payée pour endormir, hein ? Eh ben, endormez-moi, ma jolie ! Et tâchez de ne pas me chanter Colin mon petit frère, hein… je suis affranchi !…

RIDEAU

TREIZIÈME TABLEAU

DÉCOR. – *La chambre de Clémentine. Au fond, deux fenêtres éclairées par la lune.*

Elle prépare une valise, fredonne, s'affaire. La valise faite, elle entre dans son cabinet de toilette, chante Vivent les vacances. *Elle ressort en tenue légère, met son pyjama, s'étire et se couche. Coups à la porte.*

CLÉMENTINE

Qu'est-ce que c'est ?

VOIX

Un télégramme…

CLÉMENTINE

Passez-le sous la porte.

VOIX

Je ne peux pas, il est sur un plateau…

CLÉMENTINE

Bon, bon… je viens.

(Elle va ouvrir. Entre André.)

ANDRÉ

Dieu ! Vous êtes encore là !

CLÉMENTINE

André ! Oh ! ça me fait plaisir !

ANDRÉ

C'est vrai ?

CLÉMENTINE

Oui… Vous êtes un grand crétin mais ça me fait plaisir.

ANDRÉ

Moi aussi, Clémentine… j'avais si peur de ne pas vous trouver. Et puis je n'osais pas… Maintenant, vous êtes célèbre !… On ne parle que de vous partout…

CLÉMENTINE

Ne soyez pas stupide… C'est bien grâce à vous… Au fait, comment m'avez-vous trouvée ? Personne ne sait mon adresse, sauf Robert.

ANDRÉ

Je viens de chez lui… J'ai appris que vous partiez… Je ne pouvais plus tenir…

CHANSON

CLÉMENTINE

Je pars demain matin…

ANDRÉ

J'étais tellement inquiet… et cette brute de Kyriano qui est à votre poursuite… du moins, c'est ce que l'on raconte dans les journaux.

CLÉMENTINE

Kyriano ? Je n'ai jamais trouvé ce type dangereux… Et jamais il ne viendra me chercher ici.

(On voit par la fenêtre se dessiner la silhouette de deux tueurs qui s'apprêtent à entrer.)

CLÉMENTINE

Avec vous, je ne crains rien.

ANDRÉ

Je ne sais pas ce qui m'a pris… Je suis presque venu malgré moi… J'ai été tellement bête.

CLÉMENTINE

Ça, c'est vrai.

ANDRÉ

Mais c'est fini. Et puis maintenant, j'ai un métier… Je suis chiffonnier…

CLÉMENTINE

Chiffonnier ?

ANDRÉ

Et je me débrouille tout seul…

CLÉMENTINE

Ça ne prouve pas que vous saurez vous débrouiller à deux.

ANDRÉ

Ah ! Vous n'allez pas recommencer… On aura le temps de se disputer après…

CLÉMENTINE

Quand ?

ANDRÉ

Quand on se mariera.

CLÉMENTINE

Parce qu'on va se marier ?

ANDRÉ

On va se marier…

CHANSON

CLÉMENTINE

André… Je suis assez contente, finalement… Si vous veniez avec moi ?

2e TUEUR

Pas si vite !

1er TUEUR

La place est déjà louée !

CLÉMENTINE

André !

(André se rue sur l'un des deux, mais l'autre l'assomme d'un coup de matraque.)

Vous l'avez tué !

1er TUEUR

Il est juste un petit peu endormi…

(Ils déposent André sur le lit.)

2e TUEUR

Râlez pas, c'est ce que vous faites aux gens tous les soirs…

CLÉMENTINE

Mais vous êtes fous ! Qu'est-ce que vous voulez ?

1er TUEUR

Kyriano s'est décidé finalement. Vous ne voulez pas lui donner l'exclusivité, alors il la prend.

2e TUEUR

Kyriano, il est comme ça. Quand il a de l'insomnie, il connaît plus ni père ni mère. Plus personne…

1er TUEUR

On ne vous fera pas de mal ; seulement il faut nous suivre. Gentiment et sans crier, parce que ça nous ennuierait beaucoup de priver la société d'un organe aussi ravissant que le vôtre, ne fût-ce qu'une heure.

2e TUEUR

T'as fini tes salades, toi ? Du baratin, toujours du baratin. Ah là là… ces mecs qui sortent de Normale… Allez… hop !

(Il caresse sa mitraillette.)

Sans ça… ça va barder.

1er TUEUR

Ne nous forcez pas à vous endormir aussi !

2e TUEUR

Parce que nous, vous connaissez notre genre de musique. Vous dormirez, ça vous dormirez !

1er TUEUR

Mais ça nous ennuierait, parce qu'on est des tendres.

DUO DES TENDRES TUEURS.

CLÉMENTINE

Je vois qu'il n'y a rien à faire. Laissez-moi au moins prendre ma valise…

1er TUEUR

Kyriano s'en chargera, de vous habiller.

CLÉMENTINE

Si vous continuez à m'embêter, ça va finir par aller mal…

2e TUEUR

Allez ! Faut décaniller[1] ! Frédo est en bas avec la bagnole.

(On entend deux légers coups de klaxon.)

Qu'est-ce que je disais… je passe d'abord…

1er TUEUR, *galant, s'efface*

Après vous !…

CLÉMENTINE

Et André ! Vous allez pas le laisser comme ça !

1er TUEUR

Quoi… il va faire un petit somme et ça ira mieux…

(Il la pousse.)

---

1. Partir, déguerpir.

Marchez…

(Ils sortent.)

(André se relève, titube, fait quelques pas dans la pièce et tombe, terrassé.)

ANDRÉ

Oh, là là ! Mon crâne !

(Le noir se fait sur la scène ; musique ; on devine que le temps se passe, on le voit passer avec sa faux et un écriteau. André reste au même endroit. La porte est ouverte. Des pas pressés retentissent et Michel arrive.)

MICHEL

André ! André !

(Il va à André, le secoue.)

ANDRÉ, *grogne*

Oui… Aïe… mon citron !…

(Il s'assied.)

Le plafond est remonté ?

MICHEL

Quoi, le plafond est remonté ?

ANDRÉ

Aux dernières nouvelles, il m'est tombé sur le crâne. Après, je ne sais plus… Il a dû remonter puisqu'il est là-haut. Attends… ça revient ! Clémentine ! Ils l'ont emmenée !

MICHEL

Emmenée ?

ANDRÉ

Les hommes de Kyriano…

MICHEL

Bigre, bigre !

ANDRÉ

Comment es-tu là, d'abord ?

MICHEL

Je me suis un peu endormi… Dès que je me suis réveillé, j'ai téléphoné chez Robert, j'étais inquiet de ne pas te voir… Il avait pas l'air content… il m'a dit de lui foutre la paix, de te foutre la paix aussi et que tu étais chez Clémentine…

ANDRÉ

C'est horrible… on était si heureux… et les deux tueurs se sont amenés, ils l'ont enlevée.

MICHEL

Alors quoi ? T'affole pas.

ANDRÉ

Mais il faut faire quelque chose !

MICHEL

Mais on va faire quelque chose ! On va la récupérer.

ANDRÉ

Comment ? Où est-elle ?

MICHEL

Ça c'est pas difficile à savoir…

ANDRÉ

Qui va nous le dire ?

MICHEL

Robert… (*André reste interloqué.*) C'est le seul à savoir l'adresse de Clémentine…

ANDRÉ

Qu'est-ce que tu dis ?

MICHEL

Tu comprends pas vite… Viens…

(Le rideau se baisse. Puis c'est la rue, il fait nuit, on voit arriver un cortège bizarre de clochards avec André et le gosse, tous munis de torches.)

CHŒUR GÉNÉRAL

QUATORZIÈME TABLEAU

DÉCOR. – *La tour Saint-Jacques où Kyriano retient prisonnière Clémentine. Décor à voir sur place car je ne sais pas du tout comment est l'intérieur de la tour Saint-Jacques.*

Elle est en train de faire les cent pas d'une fenêtre à l'autre, fiévreuse. Les deux tueurs sont enfoncés dans de confortables fauteuils et la surveillent, vigilants.

CLÉMENTINE

Mais ça ne se passera pas comme ça, vous savez. On viendra me chercher. On me délivrera. Et vous, vous serez guillotinés, tous les deux ; sur une guillotine à deux places. On la construira pour vous. J'en fais mon affaire. C'est moi qui endors le Garde des Sceaux.

1er TUEUR

Dites pas des trucs comme ça… c'est désagréable !

2e TUEUR

Laisse tomber… Qu'est-ce que ça peut nous faire.

CLÉMENTINE

On vous guillotinera ! Vous serez en prison, un beau matin…

1er TUEUR, *l'interrompt*

Vous appelez ça un beau matin, vous, en prison ?

CLÉMENTINE, *trépigne*

Vous serez en prison depuis sept ans et des hommes tout noirs viendront, ils vous diront, monsieur, préparez-vous à vous faire couper la tête, et toc !...

2e TUEUR

Et toc... ils nous filent un verre de rhum du tonnerre !

CLÉMENTINE

Bon, et moi je paierai le gardien pour qu'il y mette de la mort-aux-rats !

2e TUEUR

Alors, si on est clamecés[1], qu'est-ce que vous voulez que ça nous fasse, votre guillotine en tandem...

1er TUEUR

Pourquoi vous êtes désagréable comme ça avec nous ?... Nous, on obéit...

CLÉMENTINE

Bon ! Eh bien je sais ce que je vais faire. Attendez un peu mes amis, attendez un peu ! Où est Kyriano ?

1er TUEUR

Il n'est pas là, Kyriano !

CLÉMENTINE

Je veux le voir tout de suite !

1. Si on est morts.

2e TUEUR

Vous le verrez bien assez tôt comme ça !…

1er TUEUR

Qu'est-ce que vous lui voulez, à Kyriano ?

CLÉMENTINE, *sûre d'elle*

Ça, vous le verrez ! Mais je vous réserve une surprise ! Et elle ne sera pas précisément agréable.

1er TUEUR

Écoutez… on va tout de même pas chercher à se faire des vacheries… On est tous dans le même bateau…

CLÉMENTINE

D'abord, c'est pas un bateau ! C'est une ignoble chambre moche !

1er TUEUR

Une chambre moche ! Un machin classé ! En haut de la tour Saint-Jacques…

2e TUEUR

T'as la langue un peu longue, vieux. Tu peux pas la boucler et laisser cette tordue faire sa crise ?

CLÉMENTINE

Vous, d'abord, vous y passerez en premier…

2e TUEUR

Où ça je passerai, hein ? Tu commences à me courir, la môme !

CLÉMENTINE

Bon ! Bon ! Attendez un peu que je voie Kyriano et que je lui fasse du charme... vous allez voir si vous n'y passez pas par la fenêtre... Je vais vous faire une répétition, si vous voulez...

2e TUEUR

Ah ! Cause toujours !...

MUSIQUE : chanson de la séduction du gangster.

(Fin de la chanson.)

1er TUEUR

Dites... vous allez pas lui demander ça, quand même, c'est pas humain...

CLÉMENTINE

Si vous croyez que c'est humain d'enlever une pauvre fille au moment où elle se couche pour l'amener à un horrible gangster qui tue les petits enfants ?

1er TUEUR

Ah ! Kyriano, il n'a jamais tué les petits enfants de sa vie... i tue que les poulets... et vous pouvez pas dire que ça les empêche de se reproduire...

2e TUEUR

Tu causes trop, je te dis...

1er TUEUR

Ah ! C'est pas humain.

CLÉMENTINE

Vous ne perdez rien pour attendre.

1er TUEUR

Kyriano, il est pas humain, d'accord, mais nous on est humains. Même que je lis *Les Temps modernes*.

CLÉMENTINE

Eh ben, ça ne vous réussit pas.

1er TUEUR

Je m'assume moi. Qu'est-ce que vous voulez, peut-être que je deviendrai aussi un saint, comme Jean Genet, si je m'assume assez.

CLÉMENTINE, *va à la fenêtre*

En attendant, je vais crier au secours.

2e TUEUR

Vous gênez pas…

CLÉMENTINE, *s'arrête, interloquée*

Comment, vous gênez pas ?

(On commence à entendre une grande rumeur en bas, l'aube pointe par les fenêtres.)

1er TUEUR

Dis donc, qu'est-ce que c'est ?

2e TUEUR

T'occupe ! C'est le bruit des Halles.

1er TUEUR

Tu crois ?

(Il va à la fenêtre et se penche.)

Dis donc… Y a du monde qui vient par ici…

2e TUEUR

Comment veux-tu ?

1er TUEUR

Je te jure !

2e TUEUR

Tu finiras par voir des gars à deux têtes en plein midi, si tu continues à taper dans le litre comme ça.

1er TUEUR

Enfin, quoi, je ne suis pas fou, non ?… On est repérés.

2e TUEUR

De toutes façons, on risque rien ! Jamais ils n'oseront tirer.

1er TUEUR

Et pourquoi ?

2e TUEUR

I peuvent pas… c'est un monument historique. La tour Saint-Jacques !

(La porte s'ouvre, entre Kyriano.)

Le patron !

1er TUEUR

Patron, vous entendez ?

KYRIANO, *très calme*

Oui… et alors ?

(Il va à la fenêtre.)

Max ! L'hélicoptère sera là dans trois minutes. Ficelle la petite…

CLÉMENTINE

Je proteste avec la dernière vigueur…

1er TUEUR, *obtempère.*

Allez, discutez pas.

2e TUEUR

Oh, je pensais bien que vous alliez nous tirer de là, Patron… Mais comment nous ont-ils repérés ?

KYRIANO, *énigmatique*

Ça… Y a sûrement quelqu'un qui a mangé le morceau…

(Le 1er tueur regarde le second – Portent ensemble la main à la poche revolver.)

KYRIANO

Allons ! Vous avez fini !

(Les mains retombent.)

(À Clémentine :)

D'ailleurs leurs revolvers ne sont pas chargés.

CLÉMENTINE

Comment, pas chargés !

KYRIANO

C'est beaucoup trop dangereux…

(Coups rapides à la porte. Kyriano y va – Entre Robert.)

ROBERT, *en coup de vent*

Tout est prêt ? Salut, Philippe.

(Il serre la main à Kyriano.)

KYRIANO

Tout est paré !

(Clémentine paraît suffoquée.)

CLÉMENTINE

Robert ! Vous connaissez ces sauvages ?

2e TUEUR, *blessé*

Comment, ces sauvages !

1er TUEUR

Enfin, je sors de Sciences Po, quand même !

2e TUEUR

Y a pas de quoi t'en vanter, eh, ramenard[1] !

CLÉMENTINE

Mais enfin… et vous les laissez m'enlever… M'attacher ! Assommer André…

ROBERT

Patience, patience…

(À Kyriano :)

L'hélicoptère ?

KYRIANO

Il est là.

(Il regarde par la fenêtre.)

À 50 mètres…

ROBERT

Les photographes sont arrivés, et la télé aussi.

1. Synonyme de vantard.

(Coups à la porte, il fait entrer deux photographes et un reporter, puis dix techniciens de la télé.)

Allez… mettez-vous là… et vous, là…

REPORTER

Je m'installe ici ?

(Robert approuve.)

CLÉMENTINE

Alors tout ça, c'est de la blague ?

KYRIANO, *à Robert*

Vous vous arrangez naturellement pour qu'ils ne me tirent pas dessus…

ROBERT

Ne vous inquiétez pas, André n'est pas armé.

CLÉMENTINE, *furieuse*

Voulez-vous me détacher ! Mais voulez-vous me détacher !

ROBERT

Une minute encore, ma chérie…

(Il va à la porte.)

Les voilà qui montent.

(Au reporter :)

Vous notez l'ambiance, hein ?

REPORTER

Enfin… je fais un papier de fond… L'ambiance, c'est plutôt *France-Soir*…

ROBERT

Ils n'arriveront qu'après… D'ailleurs à *France-Soir*, leurs papiers sont meilleurs quand ils n'ont rien vu…

KYRIANO

Il est temps que je file… tenez…

(Il tend à Robert un revolver.)

ROBERT

Parfait…

(Il tire en l'air.)

À l'aide… À l'aide ! Il s'échappe !

CLÉMENTINE

Ils sont fous !

KYRIANO, *s'approche d'elle*

Je vous laisse une carte de la maison… Futur-Publicité… ça peut servir !

(Il s'approche posément de la fenêtre, enjambe. La porte résonne.)

ROBERT, *aux tueurs*

Suivez-le !

(Ils obéissent – aux photographes :)

Photo !

(Éclair.)

(La porte s'enfonce avec bruit, Robert court à la fenêtre tandis qu'André entre.)

ANDRÉ

Robert !

ROBERT, *se retourne*

Occupe-toi de la petite ! Ah ! le bandit ! Il a filé.

(Aux reporters :)

Photo !

(Entrent Michel et tout un monde.)

CLÉMENTINE

André ! Vous aussi !

ANDRÉ

Ma chérie !

(Il la détache.)

CLÉMENTINE

Ah, c'est de la publicité !

(Elle le gifle, se lève, se rue sur Robert et le gifle.)

ROBERT

Oh ! Quelle poigne !

CLÉMENTINE

Ah ! vous trouvez ça drôle ! Tenez ! Tenez ! Tenez !

(Elle gifle successivement tout le monde et arrive à Aurélie. Ça fait bing ! et elle se tient la main en gémissant.)

Oh ! ma main !

ANDRÉ

Mais Clémentine !...

(Entrent deux journalistes.)

1er JOURNALISTE

France-Soir...

2e JOURNALISTE

L'Aurore.

ROBERT, *dicte*

Kyriano s'est échappé... mais le rapt de Mlle Bonsoir a échoué... Ses amis innombrables sont venus à la rescousse.

ANDRÉ, *s'approche*

Comment ! C'est toi qui as organisé tout ça !

(Furieux.)

Tiens !

(Gifle, le photographe opère.)

CLÉMENTINE

André ! Vous n'étiez donc pas au courant !

ANDRÉ

Ah, non, alors !

JANINE, *arrive échevelée*

Où est la petite ?

ROBERT

Tout va bien.

(Il se frotte la joue – À Janine, bas :)

J'avais tout combiné... C'est une astuce publicitaire... Vous allez voir cette presse !

JANINE

Ah !... Je vois !

(Elle prend son élan et le gifle.)

Et vous ne m'auriez pas prévenue, imbécile !

ROBERT

Janine !

(Entrent des reporters, des photographes.)

1er PHOTOGRAPHE, *à Clémentine*

Une photo, s'il vous plaît… une pose originale !

CLÉMENTINE

André !

(Il vient – Au photographe :)

Allez-y !

(Elle empoigne André.)

REPORTER

La légende !

(Robert arrive.)

ROBERT

Sauvée par celui qui l'aimait en silence, elle lui accorde sa main !

JANINE, *le regarde avec admiration*

Vous êtes quand même formidable !

(Elle lui saute au cou.)

Photo !

REPORTER

La légende !

JANINE

Il épouse sa secrétaire !

ROBERT, *éperdu*

Mais non ! C'est faux ! C'est faux !

(Les flashes crépitent – entre le reporter de la radio.)

RADIO-REPORTER

Chers auditeurs… en direct grâce à *Téléactualités*… L'épisode dramatique du sauvetage de Mlle Bonsoir… Quelques mots de l'héroïne !…

CHŒUR FINAL AU MICRO

La Reine des garces

COMÉDIE MUSICALE

Personnages, par ordre d'apparition

1er figurant
Soubrette
2e figurant
Overland Mauser
Céleste, *marraine de Camille*
Nicole
Jeanine
Suzy
Pierre
Paul
Jacques
Jacqueline
Carole Martin
3e figurant
Gaston de Nemours, *alias Neuneu*
Camille
Un rabbin
Dick
Deux maquilleurs
Deux photographes
Trois femmes du monde
Un barman
Georges
Un reporter
René Poulinard, *éditeur*
Un radioreporter
Émile Bonenfant, *aubergiste*
Carlos } *tueurs à gages*
Francisco }
Jules } *musiciens*
Adrien }
Marie, *serveuse*
François } *musiciens*
Léon }
Le chef de la fanfare
Honoré, *musicien*
Duchêne, *maire*
Un gamin

Premier acte

PREMIER TABLEAU

DÉCOR. – *Le hall de l'hôtel particulier de Céleste Dupont, marraine de Camille Mauser. Au fond, grandes portes-fenêtres qui donnent sur un jardin ensoleillé. Corbeilles de fleurs blanches dans toute la pièce. Sur la grande table à gauche, cadeaux de mariage qui pourront être imprévus (on peut même y voir une 4 CV Renault).*

Scène 1

Musique douce. Le rideau se lève sur le décor de fleurs blanches. Une jeune bonne, petit bonnet et tablier, arrange les vases. Petite scène muette. Tandis qu'elle se trouve de dos à gauche, un figurant entre à pas de loup par une des portes-fenêtres entrouverte. Il évite d'être aperçu et va derrière elle, visiblement pour lui pincer les fesses. Chaque fois qu'il va y arriver, elle fait le geste de se retourner et il est obligé de se déplacer rapidement pour rester derrière elle. La musique souligne ces gestes. Finalement, comme elle se penche sur la table, il se met en position et lui empoigne les fesses avec lubricité. Aussitôt, elle se retourne et le calotte en même temps qu'un coup de grosse caisse retentit.

1er FIGURANT, SOUBRETTE

1er FIGURANT

Oh !

(Il se tient la joue.)

Quelle brute !

SOUBRETTE

Espèce d'affreux satyre !

1er FIGURANT

Satyre ! Vous exagérez !

SOUBRETTE

Comment appelez-vous ça ! J'arrange mes fleurs, monsieur me pince les fesses, à deux mains, et il prétend qu'il n'est pas un satyre !

1er FIGURANT, *lyrique*

Vous étiez ma fleur à moi !

SOUBRETTE

Oui… eh ben c'est vous qui vous êtes fait cueillir tout de même !

1er FIGURANT, *digne*

D'ailleurs, ce n'est pas vos fesses qui m'intéressaient. Je voulais un baiser.

SOUBRETTE

Eh ben vous avez une drôle de façon de le demander, vous, alors !

1er FIGURANT

Que voulez-vous ! nous autres, dans le cinéma, nous travaillons beaucoup par gestes !

SOUBRETTE

On n'est pourtant plus au temps du cinéma muet !

(Elle paraît cependant intéressée.)

Alors c'est vrai, vous faites dans le cinéma ?

1er FIGURANT, *prend une pose réservée*

Eh, oui. Je suis acteur.

SOUBRETTE

Oh ! et qu'est-ce que vous tournez en ce moment ?

1er FIGURANT, *un peu vexé*

Ah, ça, alors, d'où sortez-vous ? Vous n'êtes donc pas au courant ?

SOUBRETTE

Au courant de quoi ?

1er FIGURANT, *écœuré, à part*

Cette fille est inepte.

(Haut :)

Au courant du film qu'on tourne dans le jardin… là…

(Il la guide et lui montre le jardin en l'enlaçant – Sa main s'égare et va s'approchant des fesses de la petite – Elle se redresse et le regifle.)

Oh !

SOUBRETTE

Ah, ça, vous êtes entêté, vous !

1er FIGURANT

Un artiste doit être obstiné

(Il se frotte la joue.)

même lorsque l'enjeu n'en vaut pas la peine.

SOUBRETTE

Un artiste ! Je suis sûre que vous n'êtes même pas artiste ! Vous êtes un figurant et c'est tout.

1er FIGURANT, *blessé*

Il n'y a pas de figurants, ma fille ; il y a les artistes de complément... et les autres.

SOUBRETTE

Quels autres ?

1er FIGURANT, *négligent*

Eh bien... les autres... les vedettes, quoi... ceux qui sont là.

(Il désigne le jardin.)

SOUBRETTE, *excitée*

Mais alors dites-moi qu'est-ce qu'ils font dans le jardin ?

1er FIGURANT

Ils tournent.

SOUBRETTE

Et qui c'est le metteur en scène ?

1er FIGURANT

Jean-Marcel Cocné[1].

SOUBRETTE

Oh ! Et il est là, Jean Marais ?

1er FIGURANT

Mais non, il n'est pas là… enfin, vous me faites marcher, vous, alors… vous savez bien qu'on est ici pour faire des raccords avec Martin…

SOUBRETTE

Comment voulez-vous que je le sache, moi, je suis là depuis ce matin.

1er FIGURANT

C'est pour ça que je ne vous ai pas vue avant !… coquine !

SOUBRETTE

Moi je suis juste venue pour le mariage de mademoiselle avec monsieur Gaston… on le fait ici parce que chez

1. Boris Vian affectionne les « collages de mots » évocateurs, aussi bien à partir de noms communs que de noms de personnalités (ici Marcel Carné / Jean Cocteau).

monsieur, le père de mademoiselle, il n'y a pas assez de place, à cause des singes, alors on a décidé qu'on le ferait chez la marraine de mademoiselle, c'est-à-dire ici…

1er FIGURANT, *ne comprend plus rien*

Quoi ?… Qu'est-ce que vous racontez là ?

SOUBRETTE

Eh ben oui, quoi, alors comme on marie mademoiselle ici, moi je n'avais rien à faire chez monsieur et je suis venue aider au mariage… Oh, j'aime ça, un mariage, les fleurs, tout ça… c'est presque aussi bien que le cinéma…

1er FIGURANT

Mais qu'est-ce que c'est que cette histoire de singes, enfin.

SOUBRETTE

Oh, ils sont gentils… il y a Charlot, Edwige et Christian… Charlot, c'est un cinésociale… Charlot et Christian c'est des ouistitis. Mais ils sont gentils aussi.

1er FIGURANT, *un peu égaré*

Ah… oui, certainement…

SOUBRETTE, *trépigne*

Mais alors, dites-moi… ce qu'ils tournent là, c'est bien les *Sermons* de Bossuet, avec Jean-Marcel Cocné comme metteur en scène, sur un scénario de Pierre Orange et Jean Broste, avec Jean Marais dans le rôle de Bossuet et Carole Martin dans celui d'Henriette d'Angleterre, et Frank Villard en Charles II ?

(Elle dit tout ça d'une haleine.)

1er FIGURANT, *abasourdi*

Ben mince ! vous en connaissez un rayon, vous, alors !…

SOUBRETTE

Oh, je lis juste *Cinémonde, Ciné Revue*, *L'Écran français, Stars* et *Vedettes*, et les films romancés… et puis je vais au cinéma, aussi, quelquefois !

1er FIGURANT

En tout cas, vous ne verrez pas tous ces gens-là aujourd'hui.

SOUBRETTE, *navrée*

Oh ! Quel dommage.

1er FIGURANT

Non, aujourd'hui, on tourne les derniers raccords avec Carole.

SOUBRETTE

Carole Martin[1] ? Vous devez bien la connaître, hein ? Vous l'appelez par son prénom ?

1er FIGURANT, *faussement modeste*

Je la connais pas mal.

1. Le lecteur aura deviné que Martine Carol se cache derrière cette inversion.

SOUBRETTE

Oui, tous les journaux disent qu'elle n'est pas poseuse du tout. Il paraît qu'elle fréquente même les gens les plus insignifiants.

1er FIGURANT

Merci !

(Il est vexé et va pour sortir.)

SOUBRETTE

Vous vous en allez ?

1er FIGURANT, *important*

Oui… on va avoir besoin de moi

(Arrive en courant un autre figurant.)

Scène 2

2e FIGURANT, 1er FIGURANT

2e FIGURANT

René ! René ! Viens tout de suite !… le régisseur te demande.

1er FIGURANT, *important*

Ah… oui… pour le plan 327 ?…

2e FIGURANT

Non… c'est pour tenir le micro, parce que le perchman a une insolation et comme tu as très peu de choses à faire, il a dit qu'on te prendrait.

1er FIGURANT, *très vexé*

J'y vais.

2e FIGURANT

Grouille-toi.

(L'autre sort.)

Scène 3

2e FIGURANT, SOUBRETTE, OVERLORD, puis CÉLESTE

2e FIGURANT

Hé ! Qu'est-ce que c'est que cette figure-là ? Je ne te connais pas, jolie !

SOUBRETTE

Pas étonnant, je suis là depuis ce matin.

2e FIGURANT, *regarde autour de lui*

Des fleurs ! Des fleurs partout !

(Il l'enlace.)

C'est pour notre mariage, ma belle !

(Elle se défend peu convaincue, il l'embrasse.)

SOUBRETTE

Oh, là, là, ce que vous êtes culotté… on voit bien que vous êtes acteur, vous !…

2e FIGURANT

Acteur ? Quelle horreur ! Je suis figurant ! Et à ce titre, je te le dis en confidence… ne fais jamais de cinéma !

SOUBRETTE

Oh ! J'irai pas les chercher !… mais si on me proposait un rôle… Je ne dis pas. Je crois qu'en ingénue perverse, je réussirais.

VOIX

(À la cantonade :)

Robert ! Robert !…

(Le figurant répond.)

2e FIGURANT

Voilà !

(À la soubrette :)

Ils me font suer… Au revoir, beauté fatale !…

(Il l'embrasse.)

J'arrive !…

(Elle le regarde partir, hoche la tête et reste immobile – Descendant, visible, l'escalier du hall, Overlord Mauser apparaît. C'est un homme de 45 ans, très élégant, un peu arrondi et onctueux et ballot. Il s'approche à pas de loup et, comme le premier figurant, lui pince les fesses. Elle le calotte vigoureusement et cette fois c'est elle qui sursaute.)

SOUBRETTE

Oh ! Oh ! pardon, monsieur…

OVERLORD

Ah, Jacqueline, tu me déçois !… tu n'as pas reconnu mon toucher !

SOUBRETTE

Oh ! excusez-moi, monsieur ! C'est ce cinéma !… tout ça ! Ça m'a tourneboulée, je m'y reconnais plus !…

OVERLORD

Ce n'est pas grave… mais enfin, ça me vexe. Jamais ça ne t'arrive à la maison.

SOUBRETTE

C'est qu'il n'y a que vous, à la maison, monsieur.

OVERLORD

Ah… et alors, ici, il y en a d'autres !…

SOUBRETTE, *vertueuse*

Justement, monsieur, je les calotte !…

OVERLORD

Très bien, continue… Alors, ça s'avance, ces préparatifs ?…

SOUBRETTE

Oh, oui, monsieur… Dites, monsieur, est-ce que je pourrai voir mademoiselle Camille… je ne l'ai pas encore vue, avec sa robe de mariée…

OVERLORD

Mais bien sûr.

(Il circule, regarde les cadeaux.)

Mm !… que de belles choses !… une quatre-chevaux… ça, c'est un peu mesquin, tout de même… Oh !… mais par contre, voilà un exemplaire relié de mon livre… bien, ça, bien ! très très bien !…

(Il le caresse, le repose et ouvre un petit écrin.)

Qu'est-ce que c'est ce système ?

(Apparaît le second figurant, essoufflé – Il va à la table, regarde ce que tient Overlord et lui subtilise.)

2e FIGURANT, *hors d'haleine*

Alors l'opérateur cherche partout sa cellule photo-électrique et c'est vous qui l'avez fauchée, espèce d'abruti ; ah, non alors, ces vedettes… quelles cloches !…

(Il attrape au passage la soubrette et lui donne un baiser.)

À tout à l'heure, beauté !…

(Il file dans le jardin.)

OVERLORD

Hum… Je n'y comprends rien… mais dis-moi c'est comme ça que tu les calottes… il est bien pressé !

(Descend Céleste, une belle négresse[1].)

Ah ! Mais voilà notre grande amie… Chère Céleste.

CÉLESTE

Appelez-moi Dupont… j'ai horreur de mon prénom. Et puis amie… amie… j'espère que je suis plus qu'une amie pour vous !

OVERLORD

Naturellement ! Vous êtes même une cliente !…

CÉLESTE

Ce n'est pas à ça que je pensais.

OVERLORD

Mais bien sûr, je vous taquine…

CÉLESTE

Et où en est-elle ?

OVERLORD

Qui ? Ma fille ?

CÉLESTE

Votre fille ! Ou plutôt *ma* filleule !

1. À cette époque, le terme n'avait rien de péjoratif ni de discriminatoire.

OVERLORD

Ah, elle se fait belle, des chichis, des fanfreluches, et ci et ça, de la fleur d'oranger, de la dentelle, enfin tout, quoi, une vraie exposition de blanc…

CÉLESTE, *narquoise*

Ce que vous êtes poète ! et Gaston ?

OVERLORD

Gaston ?

CÉLESTE

Eh bien oui Gaston, son fiancé. Il ne s'appelle pas Gaston de Nemours ?

OVERLORD

Ah ! Neuneu !… tout le monde l'appelle Neuneu, vous comprenez, alors Gaston, moi, ça me déroutait…

CÉLESTE

Eh bien Neuneu, il arrive ?

OVERLORD

Oh ! il sera sûrement en retard ! un jour comme aujourd'hui ! Déjà un jour ordinaire il a du mal à respecter l'horaire… mais aujourd'hui !… Ah, et puis ça n'a pas d'importance puisque la cérémonie a lieu ici dans votre petite chapelle !…

CÉLESTE

Oui, mais je voudrais bien qu'elle ait lieu à l'heure… avec ces figurants dans le jardin, c'est très ennuyeux ; je me suis arrangée avec Jean-Marcel pour qu'ils libèrent la chapelle entre midi et deux heures, et il faut en profiter… Ah, c'est assommant, aussi, c'est de sa faute…

OVERLORD

De la faute à Neuneu ?

CÉLESTE

Mais non, à Jean-Marcel ! Il est en retard de onze mois sur son horaire.

OVERLORD

Onze mois !

CÉLESTE

Oui… le film devait être fini et le château devait être libéré en août dernier, alors vous voyez… Mais monsieur, entre-temps, s'est converti au bouddhisme…

OVERLORD

Il aurait mieux fait de suivre mon régime… ça l'aurait moins retardé !… Mais dites donc… ça doit lui coûter cher, au producteur.

CÉLESTE

Oh ! Il était assuré contre les risques de conversion… vous savez, avec Jean-Marcel…

(On sonne.)

Tiens… ça doit être le fiancé.

OVERLORD, *à Jacqueline*

Va ouvrir.

CÉLESTE

Le maître d'hôtel va y aller… Qu'est-ce que je vous disais… ah oui… donc, Jean-Marcel s'est converti au bouddhisme… au bouddhisme zen même ; ça ne me dit rien de plus, et vous ?

OVERLORD

Oh, moi non plus… mais ça lui a pris si longtemps ?

CÉLESTE

Entre-temps, il est tombé amoureux d'un petit télégraphiste adorable…

OVERLORD

Le pauvre petit !…

CÉLESTE

Allons donc ! Sa carrière est assurée !…

(Entrent les jeunes gens et les jeunes filles du cortège.)

Ah ! voilà tout le cortège… mais dites-moi ! Je ne vois pas Gaston.

OVERLORD

Gaston ?

CÉLESTE

Oui, Neuneu !

Scène 4

LES UNS, plus NICOLE, JEANINE, SUZY,
PIERRE, PAUL et JACQUES

NICOLE

Bonjour madame... bonjour monsieur Overlord.

OVERLORD

Bonjour ma petite Nicole.

NICOLE

Vous connaissez mes amis.

(Elle présente.)

Voilà Jeanine et Suzy et puis ceux-là, c'est Pierre, Paul et Jacques. Monsieur Overlord Mauser, le papa de Camille et madame Dupont, la marraine de Camille.

(Serrage de mains, révérences.)

SUZY, *émue*

Oh, monsieur, vous voudrez bien me donner un autographe ? Vous savez, je suis votre régime.

OVERLORD, *la regarde*

Oui... eh bien ne le dites pas trop... à cette condition, je vous en donne un...

SUZY

J'ai oublié votre livre, mais j'ai mon missel... ça ne fait rien...

OVERLORD

Ah, tout de même… me faire dédicacer le livre d'un concurrent !… c'est dur !…

PIERRE

Dites, monsieur Overlord, le germe de caramel que vous recommandez, est-ce qu'il faut le prendre à sec ou dilué dans de l'eau ?

JEANINE

Et les tartines de brou de noix, monsieur Mauser, est-ce qu'il faut mettre du sel dessus ?

PAUL

Oh, oui, monsieur, et le fromage de bouc, est-ce que cent grammes par repas, c'est trop ?

OVERLORD, *débordé et ravi, les calme d'un geste*

Allons, allons ! ne m'accablez pas, mes enfants ! je vais vous répondre à tous.

(Musique – Ils font le cercle autour de lui, il chante – Des figurants se rapprocheront venus du jardin, habillés en Louis XIV.)

OVERLORD

Nos ancêtres les Gaulois
Avaient bien du mérite
Ils vivaient dans les grands bois
Sans bifteck et sans frites
Si certes nous leur devons
La bénéfique invention

De ces cigarettes bleues
Que nous fumons tous en France
Il ne faut pas oublier)
Qu'ils n'avaient pas su trouver) bis reprise
Le régime merveilleux) par le chœur
Qui prolonge l'existence)

Pour le petit déjeuner
Prenez
Une grande cuillérée
De germe de caramel
Cinq minutes avant midi
Dans un verre d'eau bouillie
« Ça » de sel de pissenlit
Et de lait de sauterelle
C'est tonique et remontant
Rien de plus réconfortant
Ça vous fait vivre cent ans
Mais ajoutez-y surtout
Du fromage de bouc frais
Qui efface les méfaits
Des aliments bien surfaits
Qu'on vous propose partout

COUPLET 2

Louis quatorze et ses amis
Mangeaient comme des gouffres
Mais quand l'estomac s'emplit
C'est votre foie qui souffre
Les humeurs, en descendant
Rencontrent le flux montant
Des hormones bleues des nerfs
Auxquell's ell's se combinent

Il en résulte un complexe)
Dont l'action irrite et vexe) bis reprise
Les poumons et les ovaires) par le chœur
Et trouble les urines)

REFRAIN (2)

Au moment de vous coucher
Mangez
En deux cent vingt-cinq bouchées
Du brou de noix en croquette
Ça vous bronze à l'intérieur
Et ça garde la chaleur
De l'estomac et du cœur
Tout en dégageant la tête
Et pendant toute la nuit
Gardez près de votre lit
Le livre que j'ai écrit
Pour sauver vos vies fragiles
Grâce aux aliments magiques
Pris dans leur ordre logique
Que ce manuel vous indique
Vivez vieux… Vivez agiles !…

CHŒUR

Vivons vieux… Vivons agiles !…

(Tous applaudissent et l'entourent pour lui demander des renseignements tandis qu'il s'éloigne vers l'escalier en disant :)

Allons ! Allons, mes enfants ! pas tous à la fois ! Chacun son tour !…

(Il s'arrête et leur fait face.)

Écoutez ! Dès que le mariage sera fait, je vous promets à tous une dédicace.

TOUS

Oh ! merci ! merci ! monsieur Mauser…

OVERLORD

Je vous signale qu'il y a une très bonne librairie juste en face d'ici… Ils ont un stock de mon livre.

SUZY

Oh ! je vais aller en racheter un !

CÉLESTE

Écoutez, Jacqueline va aller en acheter pour tout le monde… Mais moi, j'ai besoin de vous, maintenant.

(Jacqueline sort.)

On va un peu répéter cette entrée à la chapelle, vous n'oubliez pas que c'est le mariage de Camille ?

NICOLE

Oh, non, madame… mais c'est tellement émouvant de voir monsieur Mauser comme ça… dans l'intimité…

CÉLESTE

Bon, bon ?… eh bien si j'ai un conseil à vous donner, c'est de ne pas trop chercher à le voir dans l'intimité… il adore ça. Tenez, Overlord, venez ici, d'ailleurs c'est vous qui me servirez de cavalier.

(Elle fait signe aux deux figurants qui se sont approchés des portes-fenêtres.)

Venez là, vous deux… vous allez faire le marié et la mariée. Allons… Pierre, ici avec Nicole… Paul, avec Jeanine… et Jacques avec Suzy…

(Il est aussi maigre qu'elle est grosse.)

JACQUES

C'est que… euh… de quel côté sera le photographe… parce que je voudrais qu'on me voie, sur la photo…

SUZY

Oh ! tu sais si on te prend de profil, de toute façon on ne te verra pas… t'auras l'air d'une radiographie.

JACQUES

Ben si c'est toi qui es devant, on prendra le mariage pour la pêche à la baleine…

CÉLESTE

Allons, voulez-vous ne pas vous chamailler comme ça !…

(Elle fait signe aux deux figurants, René et Robert.)

Venez ici, vous deux… vous vous appelez ?

1er FIGURANT

René.

2e FIGURANT

Robert.

CÉLESTE

Mettez-vous là !

(Ils se mettent en position en faisant des grâces)

(*Aux autres* :)

Vous, vous suivez…

(À Overlord :)

Nous deux, mon cher ami, directement derrière les mariés… Allez… une, deux, trois. Là… un peu de musique.

(L'un d'eux se détache et va mettre un disque sur le pick-up. La marche nuptiale retentit.)

Là… pas si vite… un peu de dignité…

(Le disque passe peu à peu à un rythme de danse et les « mariés » se mettent à swinguer.)

Mais qu'est-ce que c'est que ce disque ? Qui a mis ça ?

(Tous se mettent à danser à la « rat de cave[1] » au son d'un fox endiablé.)

---

1. Groupe de danseurs de Saint-Germain-des-Prés appelés pour des soirées où ils dansaient le be-bop, le jitterbug ou le fox.

OVERLORD

Allez, Céleste… hop !…

(Il lui fait faire des figures de plus en plus compliquées.)

Comme ça… le pied… la main…

(Glapissements divers – Jacqueline revient avec les livres et tombe sur cette assemblée de sauvages. Brusquement, la musique repasse à la marche nuptiale et le cortège se reforme et sort avec la plus grande dignité par l'escalier du hall. Jacqueline les regarde bouche bée puis se remet à arranger les fleurs.)

Scène 5

JACQUELINE, 1er, 2e et 3e FIGURANTS

JACQUELINE, *seule*

Ben ça, alors !… ils sont tous dingos, aujourd'hui. C'est le mariage qui les excite comme ça ?

(Les deux figurants redescendent quatre à quatre mais sans bruit. Le premier s'approche les mains tendues pour toucher les fesses de Jacqueline, mais quand il n'est plus qu'à un mètre, sans se retourner, elle s'accroche aux fesses une pancarte qu'elle prend sur la table : DÉFENSE DE TOUCHER. *Le premier figurant recule et marche sur le pied du second qui lui fout une grande beigne.)*

2e FIGURANT

Aïe ! Dis, tu prends mes pieds pour la Croisette ?

1er FIGURANT

Oh ! Quelle brute !

(Jacqueline s'est retournée.)

Et ça, c'est encore à cause de vous !

JACQUELINE

Faut bien que je me défende, avec des gens comme vous.

(Le second s'approche d'elle et l'enlace sans qu'elle bouge.)

Surtout que ces atmosphères de mariage, moi ça me grise…

2e FIGURANT

Hébé ! Hébé, pourvoyeuse des dieux, n'as-tu rien à donner à boire à ces deux messieurs ?

JACQUELINE, *tend ses lèvres*

Bois sur ma bouche ardente un baiser passionné qui va désaltérer ton âme racornie.

1er FIGURANT

Ça ne rime pas, mais l'idée générale est bonne… Où est-ce qu'on boit ?

(Le 2e figurant embrasse Jacqueline.)

Ah, zut !… vous avez fini, tous les deux ! J'ai soif aussi, moi.

(Le 2e lâche Jacqueline, le 1er l'empoigne, tente de l'embrasser et se fait calotter.)

Oh ! merde, à la fin !

2e FIGURANT

Aussi, pourquoi essaies-tu d'abuser de cette pure jeune fille ?

(À Jacqueline :)

On te disait qu'on a soif.

JACQUELINE

Je veux bien vous emmener boire, mais je ne veux pas qu'il m'embrasse.

1er FIGURANT

Oh ! c'est d'une injustice révoltante !

JACQUELINE

Venez.

(Apparaît un 3e figurant à la porte du jardin.)

3e FIGURANT

Ohé, les gars… on a besoin de vous pour le plan…

1er et 2e EN CHŒUR

Ah ! la barbe ! pour une fois qu'on allait boire !

3ᵉ FIGURANT

Vous boirez tout à l'heure. Jean-Marcel est furieux.

(Les deux autres filent, le 3ᵉ reste. Jacqueline se met à arranger les fleurs après un regard de dédain au 3ᵉ figurant ; il va s'approcher, mais elle remet son écriteau dans l'autre sens et on voit : FERMÉ POUR CAUSE DE MARIAGE. *Elle lève la tête avec dédain et sort vers la cuisine. Le 3ᵉ figurant se croise les bras.)*

3ᵉ FIGURANT

Eh ben celle-là, alors !

(Paraît derrière la porte-fenêtre Carole Martin, la vedette du film, qui a une robe blanche de style assez prenable pour une robe de mariée. Elle entre et regarde le figurant avec assez de hauteur.)

Scène 6

3ᵉ FIGURANT, CAROLE MARTIN puis JACQUELINE

CAROLE

Dites, mon ami.

3ᵉ FIGURANT, *empressé*

Oui ?

CAROLE

Je suis brisée. J'ai besoin d'être seule… de me résumer un instant… si ça ne vous fait rien.

(Petit geste vers le jardin.)

3e FIGURANT, *vexé*

Bon, bon…

(À part :)

Sacrée bêcheuse !

CAROLE, *s'approche d'un grand fauteuil qui est tourné le dos vers la porte d'entrée et se laisse choir dedans*

Ah !…

(Revient Jacqueline – Elle l'appelle :)

Ma fille !…

JACQUELINE, *en adoration*

Mademoiselle Martin !… Oh !… quel honneur !…

CAROLE

Ma fille, apportez-moi, dans un demi-verre d'eau bouillie, « ça » de sel de pissenlit, et complétez avec du lait de sauterelle… Vous comprenez ?

JACQUELINE

Mauser n° 2, OK, on y va…

(Elle sort comme une flèche.)

CAROLE

Enfin une personne intelligente. Ah… ce que je suis bien… si je laissais la bête l'emporter sur l'âme ?… un léger repos…

(Elle parle d'une voix endormie.)

très léger…

(Elle s'endort – Jacqueline revient, la regarde, constate qu'elle dort, pose le verre près d'elle.)

JACQUELINE

Zut ! elle dort, je voulais lui demander un autographe… tant pis…

(Sonnerie – Elle s'élance vers la porte.)

Les idiots… ils vont la réveiller… ma vedette !…

(Elle disparaît, va ouvrir, revient suivie de Gaston de Nemours, grand abruti maladroit. Jaquette et pantalon rayé, col défait, cravate pas nouée, lunettes, visiblement très myope.)

JACQUELINE, *qui traverse la scène*

Naturellement, c'était cet abruti de Neuneu…

(Elle hausse les épaules et passe – Au passage, s'arrête devant Carole.)

Qu'elle est belle !…

(Elle refile vers sa cuisine.)

Ah ! si je n'avais pas tant à faire !

(Elle sort – entre Neuneu.)

Scène 7

NEUNEU, CAROLE

NEUNEU

Ah ! ce que je suis en retard ! pourvu que je ne me fasse pas engueuler ! Je me fais toujours engueuler… C'est un vice de constitution.

(Il met ses lunettes.)

Voyons.

(Il regarde autour de lui.)

Comment ont-ils arrangé ça ? Pas mal… pas mal… Je suis ému… au fait… quelle impression exacte est-ce que ça me fait… Il faut que j'analyse ça… suis-je vraiment ému ?

(Il passe la main gauche sous son veston.)

Mon cœur.

(Inquiet.)

Où est-il ? Quoi ? Il ne bat plus !

(Il regarde sa main.)

Bon Dieu ! Je me trompe de côté ! Je dois être ému, alors !…

(Il change de main et compte.)

Un… deux… trois… Diable ! Il bat vite ! Au fait, comment est-ce qu'il bat en temps normal… je ne sais pas… faisons une expérience… Je vais prononcer le nom de ma fiancée et je vais voir si ça accélère. Une, deux, trois : Camille !… Camille…

(Il compte.)

Non… Camille !

(Carole pousse un léger soupir et fait un mouvement, il aperçoit la robe blanche.)

Mais elle est là ! Mes lunettes !

(Il les enlève.)

Qu'elle ne me voie pas avec mes lunettes… c'est ma seule coquetterie… On m'a dit que j'avais de grands yeux vert de mer…

(Il regarde Carole de dos.)

Elle dort… la pauvre chérie… elle doit être brisée… Je n'ose pas avancer.

(Il tâte son cœur et compte à toute vitesse.)

Un deux trois quatre cinq six. Ça y est ! Je suis ému pour de bon ; alors je l'aime.

(Il se met à genoux.)

Je n'ose pas… et puis je n'y vois rien… Ah, si j'osais, j'irais l'éveiller d'un baiser ; mais si ça la surprend, elle peut croire que c'est un autre ! Quelle horreur ! et me donner une gifle ! et puis en fait je ne sais jamais quoi lui dire ; je reste sec. Et pourtant, c'est pas l'imagination qui me manque ! Dieu !

(Assez content de soi.)

Si je lui faisais maintenant le quart de ce que je lui fais en rêve.

(Il tâte son cœur.)

Je suis de plus en plus ému. Ah… je me sens un culot ! Un culot monstre !… Je voudrais bien qu'elle dorme tout le temps, ça serait rudement plus facile pour lui parler.

(La musique commence.)

Sa robe blanche… dans quelques heures, ça y sera… elle s'appellera Madame Neuneu… Non, Madame Gaston de Nemours ; c'est idiot, tout le monde m'appelle Neuneu, alors moi je finis par croire que c'est mon vrai nom. Camille de Nemours ! Ma femme ! Ah ! Ma femme.

(Il se tâte le cœur et compte à une vitesse effrayante.)

Dix vingt trente… Je suis obligé de passer les unités tellement ça va vite maintenant ! Et je me sens un de ces culots ! Ah, je vais te dire… maintenant, je vais te le dire, ce que je vais te faire quand tu seras ma femme.

(Il prend un ton lubrique et chante – en mimant ce qu'il va faire, il se déshabillera peu à peu.)

NEUNEU

(Musique.)

Puisque tu dors
Je vais m'enhardir à te l'avouer mon amie très chère
Puisque tu dors
Oui je vais pouvoir te le dire enfin ma mie je t'adore
Puisque tu dors
On va voir s'enfler et se déchaîner le vocabulaire
Puisque tu dors
Je vais m'expliquer, et selon mon cœur… et selon mon corps

Depuis qu'on est fiancés
Chaque fois qu'on est ensemble
J'ai tout d'suite les mains qui tremblent
Et j'hésite à t'embrasser
Lorsque nos yeux se rencontrent
Moi je dois baisser les miens
Et ça me secoue si bien
Que ça démolit ma montre

Oui mais tu dors
Et je vais te dire oh oui dès ce soir ce que je vais faire
Puisque tu dors
Je ne risque rien à poser ma main sur tes cheveux d'or
Puisque tu dors
Je vais te prouver que je ne suis pas un Neuneu de pierre
Puisque tu dors
Je vais te conter les cent voluptés d'un amant retors

Quand on sera réunis
Tous deux dans l'intimité
Finie ma timidité
Place au Don Juan que je suis
Vole voile, robe, vole
Sautez, jolis escarpins
Partez, nylons extra-fins
File, combinaison folle

(Monte d'un ton.)

Voilà que je vois tes bras
Tes épaules fraîches et blanches
Ton cou gracieux qui se penche
Ta taille et ton ventre plat
Envole-toi, balconnet
Que je voie ses seins menus
Que je la voie toute nue...

(La musique s'arrête net avant que le couplet s'achève.)

NEUNEU, *il est à ce moment en chemise et caleçon.*
Est-ce que je lui laisse son slip ?

(Il réfléchit.)

Ah ! Au diable les préjugés…

(Soudainement terrorisé.)

J'espère qu'elle ne s'est pas réveillée.

(Il appelle à mi-voix :)

Camille ! Camille ! mon amour… tu dors !…

(Il se décide.)

Ah ! tant pis… Allez, je vais recommencer avec élan…

(Musique reprend.)

Envole-toi balconnet
Que je voie ses seins menus
Que je la voie toute nue…

(Musique stoppe à nouveau.)

Non, je ne peux pas, décidément… je sais, il doit faire trop jour…

(Il va aux portes-fenêtres et tire les rideaux ; un demi-jour règne maintenant.)

Ah, je ne tiens plus, il faut que je l'embrasse… sur la bouche ! Jamais je ne l'ai encore embrassée sur la bouche.

(Il s'approche, se penche, l'embrasse longuement – Camille apparaît à l'escalier, voit mal ce qui se passe et

allume. Elle est en robe de mariée, prête. Au même moment, le 2e figurant arrive du jardin et s'entortille dans les rideaux. Scène confuse – Carole se réveille en sursaut et se trouve dans les bras de Neuneu.)

2e FIGURANT

Carole ! Carole ! On a besoin de toi ! Qu'est-ce que tu fous !

(Il aperçoit Neuneu.)

Oh ! pardon ! C'est ton Jules ?

CAMILLE

Mais c'est Gaston ! C'est vous ! Oh ! Ce n'est pas possible ! Mais il est fou ! Papa ! Marraine !

(Elle se met à hurler.)

Au secours ! Il est devenu fou !

NEUNEU

Camille ! Quoi ! Mais alors ! Il y en a deux ! Elle s'est dédoublée ? Mais que se passe-t-il ?

(Apparaissent Overlord, Céleste et les jeunes gens et filles du cortège qui se groupent autour de Neuneu qui reprend conscience.)

Mais qu'est-ce que j'ai fait ! Où suis-je ! Et où est ma culotte ?

(Il se frotte les yeux.)

C'est un rêve ! C'est un cauchemar !

(Il fait pch ! comme pour chasser des chats.)

Pch ! Pch ! Allez-vous-en, fantômes désossés ! Je suis seul ! Je suis seul !

(Il étend le bras d'un geste dominateur.)

Écartez-vous de mon chemin, ectoplasmes désincarnés !

(Il marche sur Céleste qui ne s'écarte pas du tout et lui flanque un bon coup de talon sur le pied.)

Aïe ! Mais vous vivez ! Vous vivez !

(Pas un ne prononce un mot. Overlord soutient Camille qui sanglote, et le cercle se referme lentement sur Neuneu. Roulement de tambour sinistre. Le cercle s'immobilise, Neuneu est seul en caleçon au centre et Céleste se détache pour accuser. Musique genre opéra. Céleste très Comédie-Française.)

CÉLESTE

Ainsi, l'aube du jour où quittant son foyer
Camille s'apprêtait à placer dans ta main
La main frêle et le corps que nous avons choyé
Tu l'as perdue sans lendemain

Pareil à ces démons échappés des géhennes
Qui du soufre émettant l'épouvantable odeur

Poursuivent les humains pour les charger de chaînes
Tu as surgi des profondeurs.

Venu de ton repaire au plus profond d'Auteuil
Jetant ton dévolu sur l'enfant la plus pure
Tu es venu semer le désordre et le deuil
Et déchaîner l'âpre luxure !

Pourtant, tu effectuais des allures austères,
On se disait : Neuneu est un garçon rangé
Parents aisés, amis puissants, bonnes manières
Et nous t'avons encouragé

Tu as pu fréquenter l'innocente Camille
Et l'on vous laissait seuls ! Seigneur étions-nous fous !
Tremble, Neuneu ! Voici que de notre famille
Tu vas éprouver le courroux

OVERLORD

Comment ! Te voilà donc le jour du mariage
La chemise en bataille et le derrière au vent
Prêt à faire subir un impudique outrage
À cette fille aux yeux savants !

Tu imposes la vue de tes fixe-chaussettes
À de jeunes enfants qui n'ont jamais connu
L'amour que par les mots des plus charmants poètes !
Va-t'en, diable cornu !

Va-t'en ! délivre-nous de ta présence obscène
Va retrouver les tiens, les singes à poils ras
Qui grattent leur cul bleu sur le roc de Vincennes
Aux guenons tu plairas

Va ! quitte incontinent cette chaste demeure
Et si tu veux porter le comble à tes bienfaits
Emmène ta houri[1] loin de ces yeux qui pleurent
Et qui ne t'ont rien fait !

NEUNEU

M'accuserez-vous donc sans même que je puisse
Pour laver mon cœur pur d'un torturant soupçon
Expliquer en deux mots l'innommable injustice
Qui fait que je me trouve ici en caleçon ?

OVERLORD

Parle ! Nous n'avons pas condamné sans recours
Mais sache qu'à l'affût de la moindre parole
Mon oreille extraira dans ton trompeur discours
Du mensonge puant, la vérité qui vole !

(Carole Martin s'est peu à peu réveillée et se dresse soudain.)

CAROLE

Mais dites donc, mes enfants, qu'est-ce que c'est, ici ? La Comédie-Française ou le tribunal correctionnel ?

CAMILLE, *furieuse*

Et vous, qui êtes-vous donc pour venir déshabiller les fiancés des autres le jour de leur mariage !

(Elle éclate en sanglots.)

---

1. Beauté céleste (terme persan).

CÉLESTE, *à Camille*

Allons, mon minou, calme-toi !... Gaston va s'expliquer et... ça va s'arranger...

CAMILLE

Oh ! Je la déteste ! Qu'elle s'en aille !

OVERLORD

Mais sois patiente, mon petit chou. Il faut que toute cette affaire soit tirée au clair ! Il faut que nous sachions qui elle est d'abord ?

CAROLE

Qui je suis ! Quel culot ! Qui je suis ! Vous ne savez pas qui je suis !

(Elle fait le tour des gens et va reprendre l'avantage.)

Qui je suis ? Tenez !

(À Nicole :)

Vous le savez, vous ?

NICOLE

Oh ! oui, mademoiselle.

SUZY

Dites, mademoiselle, vous me donnerez un autographe ! J'ai mon missel, il y a déjà la signature de monsieur Mauser.

CAROLE, *les écarte*

On verra !

(À Pierre :)

Et vous, vous savez ?

(Il est visiblement ému, fait oui de la tête, les yeux exorbités.)

(À Paul :)

Et vous ?

(À Jacqueline, revenue :)

Et vous ?

JACQUELINE

Oh ! bien sûr, mademoiselle Martin !

CAROLE, *à Overlord*

Alors vous allez prétendre que vous n'avez jamais vu ma photo dans les journaux ?

OVERLORD

Je n'y vois généralement que la mienne… Mais attendez !…

(Il cherche.)

CAROLE

La vôtre ? Vous avez du culot ! Mais dites-moi…

(Elle est perplexe.)

ENSEMBLE

Oh !

OVERLORD

Carole Martin !

CAROLE

Overlord Mauser ! Nous étions ensemble…

OVERLORD

Dans le *Paris-Presse* de jeudi dernier…

(Il s'incline.)

Ravi.

CAROLE

Professeur ! Je suis très honorée…

(Il lui baise la main.)

CAMILLE, *explose*

Oh !… Papa ! Alors toi aussi, tu vas lécher cette fille !

OVERLORD

Camille !

CAMILLE

Moi, je ne la connais pas… et je la déteste, et je veux qu'elle s'en aille ! Tout de suite !

OVERLORD

Tout de suite ! C'est si brutal !...

CAMILLE

Oh ! D'abord je te défends de prendre son parti ! Et puis moi je vais lui dire, ce que je pense d'elle ! C'est une garce, et c'est tout !

CAROLE, *très froide*

C'est tout ! Et ça ne vous suffit pas ?

(Musique.)

COUPLET 1

Je sais que j'ai la peau douce
Dans des tas d'petits coins
Je sais qu'j'ai des vrais seins
Et que j'suis une vraie rousse
Je sais qu' les homm's voudraient
M'enl'ver tous mes vêt'ments
Et se déshabiller
Avec mon consent'ment
Quand j'avais quatorze ans dans ma banlieue
Les garçons se battaient pour mes beaux yeux
Le vainqueur du combat
Venait me proposer
D'aller au cinéma
Mais moi je lui disais

REFRAIN

J'suis une garce
C'est pas original
Mais ça m'est bien égal

Et moi j'vous l'dis en face
J'suis une garce
Pour m'avoir en détail
Faut pas être sur la paille
Car moi j'vous l'dis en face
J'suis une garce

COUPLET 2

Un jour un monsieur vient
Il me dit t'es jolie
Moi qui suis pas polie
J'réponds vous êtes vilain
Il me dit ça fait rien
Si tu me suis chez moi
Tu f'ras du cinéma
Pas plus tard que demain
Monsieur préparez-moi un beau contrat
Et quand ça sera fait on se r'verra
Il aurait bien voulu
M'emm'ner dans sa voiture
Mais il a attendu
Jusqu'à la signature

REFRAIN

J'suis une garce, etc.

COUPLET 3

Faut pas avoir d'amis
Faut choisir ses amants
Parmi les gens voyants
Et vite compromis
Savoir se suicider
Au moment opportun
Voyez Carole Martin

Pour la publicité
Et on finit par être un'grande vedette
Pas besoin d'se mouiller... simple trempette
J'ai les pieds su'l'plancher
Et pour les trucs techniques
J'ai un p'tit peu d'pratique
Et le cœur bien accroché

REFRAIN

J'suis une garce, etc.

(Tous les jeunes se précipitent.)

NEUNEU, *affolé*

Oh ! Carole Martin ! J'ai embrassé Carole Martin ! Mais alors ! ma réputation ! mes parents ! Qu'est-ce qu'ils vont dire ! Mon grand-père ! Le nom des Nemours ! Sans tache et sans opprobre ! J'ai embrassé Carole Martin ! Mais faites quelque chose ! Faites quelque chose !

(Carole a dressé l'oreille à son nom.)

CAROLE

Et alors ? Ça vous a déplu tellement de m'embrasser ?

(Elle se rapproche.)

CAMILLE

Gaston ! Neuneu ! Ne laissez pas approcher cette femme !

CÉLESTE

Gaston de Nemours, je vous préviens que si vous devez continuer vos débordements en public, vous le ferez ailleurs que chez moi !

CAROLE

Gaston, ne les écoutez pas. Et puis j'en ai assez, moi, de voir tout le monde vous tomber sur le dos !

NEUNEU

Laissez-moi ! Vous avez brisé mon mariage ! Je suis un homme fini !

(Elle s'approche.)

N'approchez pas ! Sirène ! Circé !

CAROLE

Vous avez du culot ! C'est tout de même vous qui avez abusé de mon sommeil !

NEUNEU, *atterré*

Mais c'est vrai ! C'est vrai ! Je suis un monstre !

CAROLE, *l'embrasse*

Mais non ! Vous êtes très gentil.

CAMILLE

Oh ! Marraine ! Marraine !

(Elle s'enfuit le long de l'escalier – Les filles suivront peu à peu – La scène se dégage.)

CAROLE, *entraîne Gaston*

Venez, Gaston… il faut que je bavarde avec vous… longuement.

NEUNEU

Beau-papa ! Beau-papa ! À l'aide !

(Elle le rembrasse, il part groggy et en zigzag.)

2e FIGURANT

Carole ! Mais Jean-Marcel t'attend ! C'est ta scène !

CAROLE, *se retourne – Silence de mort*

Qu'il aille se faire…

(Elle arrête et se reprend.)

Pardon, qu'il aille regarder son nombril… puisqu'il est bouddhiste, c'est son devoir !

OVERLORD

C'est inimaginable ! Et Neuneu qui est parti en caleçon !

(On sonne.)

Ce doit être lui qui revient chercher sa culotte !

(Jacqueline va ouvrir, entre un rabbin barbu au milieu de l'attente générale.)

Scène 8

LE RABBIN, CÉLESTE

LE RABBIN, *fort accent juif*

Che fous tmante parton, chsuis le rappin Isaac Rosenfeld.

(Il montre sa trousse.)

C'est pien ici, pour le paptême ?

CÉLESTE, *bras au ciel – le rideau tombe*

Le paptême ! Le baptême ! Ah là là ! Eh bien vous, vous avez de l'avance !

RIDEAU

DEUXIÈME TABLEAU

DÉCOR. – *Le boudoir de Camille – Très jeune fille – Désordre, trace des préparatifs du matin – Fenêtres donnant sur le haut des arbres du jardin de l'hôtel particulier. Fleurs blanches. Camille est étendue sur son lit, au premier plan gauche, et sanglote.*

Scène 1

CAMILLE, *seule*

(Elle pleure à gros sanglots pendant quelques instants. Puis soudain, elle se lève énergiquement et se mouche bruyamment.)

C'est idiot ! Je ne veux pas pleurer. Je ne dois pas pleurer pour ce sale type ! Il n'en vaut pas la peine. Je ne veux pas ! J'ai dix-neuf ans, je ne suis plus un bébé. Je ne pleure pas ! Je ne pleurerai plus.

(Elle fond en larmes.)

Oh ! que je suis malheureuse !

(Elle se calme peu à peu, se tamponne le nez.)

Eh bien ! C'est fini !

(Elle retire son voile.)

Enlevons ces chiffons !

(Elle hausse les épaules.)

Et on dit que ça porte bonheur !

(La musique attaque, en douceur.)

Pas à la mariée, en tout cas !...

(Elle s'approche de la fenêtre, déchire son voile et le jette morceau par morceau.)

MUSIQUE

Porte bonheur
Envolez-vous, allez porter bonheur aux autres
Je ne veux plus de ces chagrins qui sont les vôtres
Allez jouer aux papillons avec les fleurs

Porte bonheur
Il est brisé mon pauvre rêve, adieu mariage
Fleur d'oranger, sitôt fanée à mon corsage
L'amour ne fut à mon chevet qu'un dieu trompeur
C'est l'avenir qui devant moi soudain s'efface
Et mon bonheur à peine éclos déjà se casse

Porte bonheur
Nuage léger de mousseline et d'allégresse
Laissez le vent vous enlacer de sa caresse
Adieu ma joie, adieu ma vie, adieu mon cœur.

(Elle revient au centre de la scène et chante le couplet en jouant avec des photos et des bibelots.)

COUPLET

Premier flirt… et déjà l'on s'enchante
Et l'on se dit : que c'est joli l'amour
On s'amuse à être un peu méchante
Et l'on trouve les jours trop courts
Puis déjà, voulant jouer les coquettes
À chaque bal, on change de danseur
Enivrée de tourner chaque tête
Et de faire battre les cœurs

Et voici qu'un jour pendant qu'on valse
On voudrait que ça n'arrête pas
On se grise et les minutes passent
On se laisse entraîner dans ses bras
Un beau jour, il ose vous le dire
Robe blanche… on va se marier
Mais soudain le voile se déchire
On est seule… et on voudrait crier

Refrain

Porte bonheur etc.

(À la fin de la chanson, elle est revenue à la fenêtre et brusquement s'effondre la tête dans ses mains, sur un fauteuil puis dans l'embrasure. Elle pleure silencieusement quelques secondes, puis on entend des coups à la porte. Instinctivement, elle tapote ses cheveux et se lève et s'arrange un peu. Elle va à la porte.)

Camille

Qui est là ?

Céleste

C'est ta marraine, mon chou.

Camille

Ah, bon !

(Elle ouvre et se jette dans les bras de sa marraine.)

Céleste

Mon pauvre poulet ! Pleure un peu dans les bras de la vieille bique ! Ça te fera du bien !…

Camille

Oh ! ma marraine ! J'ai tant de chagrin !

Céleste

Ça va se calmer, mon petit loup.

(Elle l'entraîne jusqu'au lit et elles s'asseyent l'une à côté de l'autre, Céleste dorlote Camille.)

Allons, allons… ce n'est pas si grave !…

CAMILLE

Oh ! marraine ! Le jour même de mon mariage !

CÉLESTE

Eh bien, mais c'est une chance ! Vois-tu que ça soit arrivé le lendemain ! Comme ça, c'est très désagréable, mais ce n'est pas un drame !

CAMILLE

Et je suis sûre que tout ça, c'est la faute de cette femme ! Je la déteste !

CÉLESTE

Allons, allons… Neuneu y est bien pour quelque chose aussi…

CAMILLE

Oh, lui, c'est bien simple, c'est un monstre !

CÉLESTE

Mais c'est en grande partie de notre faute, à ton père et à moi. Nous aurions dû faire attention.

CAMILLE

Mais, marraine, il était si gentil.

(Elle fond en larmes de nouveau.)

CÉLESTE

Allons, mon bébé, allons !

(Elle lui tapote les cheveux, la musique recommence, un thème doux et lent de blues.)

Veux-tu que je te chante ta chanson ?

CAMILLE

Quelle chanson, marraine ?

(Elle renifle.)

CÉLESTE

Rappelle-toi… quand tu étais toute petite… le jour où ton père est venu donner une conférence à La Nouvelle-Orléans. Tu te rappelles, la maison que j'habitais là-bas ?

CAMILLE

Oh, oui, marraine… une jolie maison jaune, avec des grilles de fer forgé aux fenêtres.

CÉLESTE

Et des palmiers dans le jardin… tu te rappelles les grands verres de julep[1] à la menthe ?

CAMILLE

Il y avait du givre tout autour, et des feuilles vertes… et je croyais qu'on mangeait les feuilles.

CÉLESTE

Tu avais cinq ans, et je t'ai prise sur mes genoux…

1. Sirop.

CAMILLE

Dans ton grand fauteuil à bascule… J'avais très peur…

CÉLESTE

Tu criais comme un petit cochon qu'on égorge, mais je t'ai chanté la chanson qu'on chante aux bébés malheureux.

CAMILLE

Et je n'ai plus crié…

(La musique attaque le thème.)

CHANSON DE CÉLESTE

Ta maman est partie
Tu n'as plus de dodo
Ton papa l'a vendu
Pour payer ses impôts
Tu as faim tout le temps
Ta culotte est trouée
Et les autres enfants
Te battent pour jouer
Tu n'as qu'un vieux chien noir
Qui partage avec toi
Son écuelle et sa niche
Et tu ne comprends pas

Pourquoi y en a qui mangent et qui s'amusent
Pourquoi y en a qui vivent et qui s'amusent
Et pourquoi moi j'ai faim et je suis nu ?

Ça m'est égal si j'ai pas d'habits neufs
Ça m'est égal si j'ai pas d'habits neufs
Mais je voudrais un collier pour mon chien

Ça m'est égal de vivre dans la rue
Ça m'est égal de vivre dans la rue
Mais je voudrais avoir assez de pain

2e Couplet

Pauvre bébé tout seul
Viens donc sur mes genoux
Viens que je te console
Avec des mots très doux
Tu auras des habits
Tu auras des gâteaux
On ne te battra plus
Tu auras un dodo
Tu vivras avec moi
Je t'aimerai bien fort
Ne pleure plus comme ça
Mon bébé qui s'endort

Tous ceux qui pleurent, je les consolerai
Tous ceux qui pleurent, je les consolerai
Je suis sur terre pour pouvoir les aimer

Tous ceux qui souffrent, je les accueillerai
Tous ceux qui souffrent, je les accueillerai
Ils auront chaud, ils auront à manger

Mais les méchants resteront à ma porte
Mais les méchants resteront à ma porte
En attendant qu'un diable les emporte.

Camille, *s'est blottie sur les genoux de sa marraine à la fin de la chanson et lui fait une grosse bise de nourrice pour la remercier*

Oh, marraine, ce que tu es gentille, tu m'as consolée comme autrefois.

CÉLESTE, *la fait sauter sur ses genoux*

Oui, mais dis donc, tu es plus lourde qu'autrefois.

CAMILLE, *se lève*

Dis tout de suite que je suis une grosse mère !...

CÉLESTE

Oh ! non, je n'irai pas jusque-là...

(Elle va à la porte et sonne.)

Eh bien, maintenant, mon chéri, je vais te laisser...

CAMILLE

Oh, non, marraine !

(Elle fait la moue comme si elle allait recommencer à pleurer.)

CÉLESTE

Ma petite Camille, il y a deux cent cinquante personnes à décommander et ce n'est pas ton père qui va faire ça !...

CAMILLE, *ramenée à la réalité*

Oh ! marraine ! c'est vrai !

(Elle refond en larmes.)

Et moi qui voulais ouvrir le bal avec Gaston.

CÉLESTE, *la reconsole*

Oh, Camille, écoute ! Tu n'es pas raisonnable ! Et puis tu te vois ouvrant le bal avec un individu en caleçon !

CAMILLE

Oh, c'est vrai, ce qu'il était ridicule !

(Elle rit malgré elle.)

Marraine, je ne sais pas ce que je fais, je ris, je pleure... Oh, que je suis malheureuse !

(Coups à la porte, entre Jacqueline avec un plateau et un julep.)

CÉLESTE

Merci, Jacqueline, posez ça là...

(À Camille :)

Tiens, ma chérie, bois ça... un julep à la menthe, comme là-bas...

CAMILLE

Oh ! tu penses à tout, marraine.

(Elle boit et manque de s'étrangler.)

Mais c'est plein d'alcool !

CÉLESTE

Ça va te remonter.

(Elle va pour sortir.)

Allez, mon chou. Je te laisse. Tu seras sage ?

CAMILLE

Promis.

(Elle vide le verre d'un trait.)

OOOH ! Ça fait du bien !…

CÉLESTE, *revient l'embrasser*

À tout à l'heure…

CAMILLE, *lui baise la main*

Merci, ma marraine.

(Céleste sort, Camille reste seule et boit la dernière gorgée avec gourmandise.)

Mmm… c'est juste ce qu'il me fallait…

(Elle repose le verre et voit une photo de Neuneu.)

Ah, te voilà, toi ! vilain singe !

(Elle retire la photo de son cadre et la regarde.)

Tu te rends compte.

(Elle va vers la glace et lui montre la photo.)

Tu vois la figure que tu as ! et tu aurais voulu épouser la petite Camille ! Eh ben tu n'es pas dégoûté, sale individu.

(Elle déchire la photo.)

Allez ! un de perdu, dix de retrouvés ! Dix ? Cent de retrouvés ! Rien de plus facile !

(Elle va au téléphone et s'installe.)

Bon… S…
(Elle tourne.)

V…
(Elle tourne.)

P…
(Elle tourne.)

Allô ? Allô ? S.V.P. ? Mon fiancé vient de lever le pied avec une actrice et j'en voudrais un de rechange… Quoi ? C'est clair, non ? Je répète… Mon fiancé vient de lever le pied avec une actrice… oui, une actrice… naturellement… Comment savez-vous que c'est Carole Martin ? C'est déjà dans les journaux ? Oh ! le chameau ! Allô ! Allô ! Envoyez-moi quelqu'un !… Tout de suite… Vous ne pouvez fournir que des renseignements ? Mais c'est un fiancé que je veux, moi… Oh… et un conseil ? Vous pouvez au moins me donner un conseil, non ?

(Musique commence.)

Je ne sais que faire… la situation exacte ? Je vais vous raconter.

(Musique, genre vieille chanson française.)

1

Je portais ma robe à traîne
Et mon voile de mariée
        J'étais si contente
Maintenant j'ai tant de peine
        J'étais si contente
Mais il m'a quittée

(Téléphone en écho)   Il vous a quittée !

2

Il y avait des fleurs blanches
Dans la chambre et le salon
        J'étais si contente
Et les oiseaux dans les branches
        J'étais si contente
Chantaient des chansons

(Téléphone en écho)   Chantaient des chansons

3

On préparait les alliances
On regardait les cadeaux
        J'étais si contente
Mais je n'ai pas eu de chance
        J'étais si contente
Je l'étais trop tôt

(Téléphone en écho)   Vous l'étiez trop tôt

4

Je suis entrée dans la pièce
Et j'ai trouvé mon ami
J'étais si contente
Dans les bras de sa maîtresse
J'étais si contente
Mais il m'a trahie

(Téléphone en écho) Il vous a trahie !

5

J'ai quitté ma robe à traîne
Je ne sais plus que penser
J'étais si contente
Maintenant j'ai tant de peine
J'étais si contente
Mais tout est cassé…

(Téléphone en écho) Mais tout est cassé…

CAMILLE, *reprend le téléphone*

Alors ?… Oh ! Oh, non, je vous en prie, ne pleurez pas comme ça, parce que j'ai déjà assez de mal à ne pas pleurer moi-même… Allô ! Allô !

(Elle repose le récepteur.)

Oh !… Ils ont raccroché… J'espère qu'ils vont me rappeler… Je ne sais plus que faire… Je ne sais plus que faire…

(Elle se voit dans la glace.)

Ma jolie robe… je vais l'enlever… et je la donnerai à quelqu'un… je ne veux plus la voir…

(Elle se regarde.)

Allez, secoue-toi un peu, imbécile… Si seulement papa avait une recette pour soigner ça… Mais papa, il ne s'occupe que des vieilles dames ; les jeunes, il ne leur donne pas de régime…

(Durant ce temps, elle va et vient de la pièce au cabinet de toilette et sonne.)

Je vais appeler Jacqueline, il faut qu'elle m'aide à enlever ça, je ne peux pas y arriver.

(Elle prépare son peignoir sur un fauteuil et se met en devoir de retirer sa robe par en haut mais elle n'y arrive pas et reste aveugle les bras en l'air – Coups à la porte.)

Entrez ! Jacqueline, aide-moi ! Je n'y arrive pas !

(C'est Dick qui entre ; il a un uniforme bleu foncé, une casquette de S.V.P. et une serviette qu'il pose sur le fauteuil ; habilement il aide Camille.)

CAMILLE

Merci, Jacqueline… sans toi, je n'y arrivais pas.

(Il lui tend le peignoir, elle l'enfile et se retourne.)

Oh ! Un homme ! Oh ! Mais voulez-vous sortir !

DICK

Excusez-moi… mais vous m'avez dit d'entrer…

CAMILLE

Mais je croyais que c'était Jacqueline !

DICK

Oui, mais moi, je ne pouvais pas le savoir !

CAMILLE

Mais qui êtes-vous ?

DICK

Moniteur n° 5 de S.V.P.

CAMILLE

Quoi ? ça va si vite ?

DICK

Ah, là là, ne m'en parlez pas, je ne sais pas ce que vous leur avez dit exactement, mais le chef était en larmes... Il pleurait comme un veau... il m'a même dit de prendre sa voiture...

CAMILLE

Mais qu'est-ce que c'est, un moniteur ?

DICK

Eh bien, quand il s'agit d'affaires spécialement délicates, S.V.P. détache un moniteur... j'étais le premier disponible.

CAMILLE

Mais vous savez de quoi il s'agit ?

(Elle cache sa figure dans ses mains.)

Oh !… c'est tellement vexant pour moi !…

DICK

En quoi est-ce vexant pour vous que votre fiancé soit un imbécile ?

CAMILLE, *réfléchit*

Mais… eh bien… oui… c'est vrai…

DICK

C'est lui que ça regarde !

CAMILLE

Euh… hein ? oui…

DICK, *plein d'autorité*

Aussi, finies les larmes. Carole Martin vous a pris votre fiancé, il faut la battre sur son propre terrain…

CAMILLE

Comment ?

DICK

Tournez-vous !

(Elle est le dos à la glace et se retourne sans comprendre.)

Avec ça !

(Il indique son visage et sa silhouette.)

CAMILLE

Mais…

DICK

Elle vous a pris votre fiancé, vous allez lui prendre ses rôles.

CAMILLE

Mais, je ne sais pas jouer !…

DICK

Par conséquent, vous l'égalez déjà sur ce point !…

CAMILLE

Mais je n'oserai jamais… elle a un aplomb formidable…

DICK

Eh bien vous en aurez plus qu'elle…

CAMILLE

Mais enfin jamais je ne pourrai faire ce qu'elle m'a fait…

DICK

Parce que c'est une garce ?

CAMILLE

Ça, elle s'en vante !

DICK

Eh bien vous serez la reine des garces !

CAMILLE

Mais je n'ai aucune disposition !

DICK

Je suis là pour vous apprendre !

CAMILLE, *affolée*

Oh ! mais comment… regardez-moi… je n'ai pas les robes qu'il faut ! Je ne sais pas me maquiller… Je suis timide… Je…

DICK, *sort un sifflet de sa poche et siffle deux coups*

Ne vous inquiétez pas… j'ai amené tout le matériel…

CAMILLE

Comment ! Si vite ?

DICK

Oh, vous savez, avec Carole Martin, le cas se présente au moins une fois par semaine… alors on a une trousse d'urgence…

CAMILLE

Ah…

(Un peu déçue.)

Alors je ne suis pas la seule…

DICK

En tout cas vous êtes jusqu'ici la seule qui ait une chance contre elle...

CAMILLE, *rougit*

Oh... ne dites pas ça pour me faire plaisir.

DICK, *se rapproche*

Je vous assure que non...

(Léger moment d'embarras, puis coups à la porte.)

DICK, *se secoue*

Entrez !

(Deux hommes et deux femmes entrent, munis de matériel, les femmes en blouse blanche de maquilleuses, les hommes en uniforme sombre, comme Dick, avec des appareils photo, flashes, etc. Des machinistes monteront une petite estrade dans un coin pendant qu'ils dresseront leurs lampes.)

DICK, *aux maquilleuses*

Vous, occupez-vous des mains. Vous, du maquillage. Pendant ce temps-là, je prends ses mesures.

(Il tire de sa poche un mètre, prend rapidement les mesures de Camille et l'abandonne aux mains des femmes tandis qu'il va fouiller dans une valise pour chercher une robe. Jusqu'à la fin du tableau, la plus grande animation va régner. La musique commence, allègre et rythmée. La mise en scène devra être telle que pour son refrain final. Camille se trouve sur l'estrade, assise sur un haut tabou-

ret, avec un grand chapeau Marlène, très vamp, tandis que des flashes éclateront autour d'elle.)

2 MAQUILLEUSES

Ne bougez plus, Mademoiselle
Restez droite et levez le cou
Donnez vos mains… vous serez belle
Fermez les yeux, détendez-vous

CAMILLE

Voici que mon cœur palpite
Et que tremblent mes genoux
Ah ! répondez-moi bien vite
En quoi me transformez-vous ?

2 MAQUILLEUSES

Ne craignez rien, mademoiselle
Vous n'avez rien à redouter
Avec Monique, avec Giselle
Les jardinières de beauté

DICK

Quand tout sera terminé
Souriant à votre image
Vous aurez abandonné
Toute idée de mariage

2 MAQUILLEUSES

Brillant des plus fraîches couleurs
Vous pourrez voir la vraie Camille
Et vous croirez que vos malheurs
Sont arrivés à l'autre fille

EN CHŒUR LES 2 MAQUILLEUSES, 2 PHOTOGRAPHES

Vous serez la reine des garces
Parce
Qu'il faut vous venger d'un affront
Vous serez la reine des garces
Parce
Qu'il faut vous venger d'un garçon

CAMILLE

Je serai la reine des garces
Parce
Que l'on a trahi mon bonheur
Je serai la reine des garces
Parce
Que l'on a piétiné mon cœur

2 PHOTOGRAPHES

Munis de nos éclairs subtils
Manœuvrant nos chambres obscures
Nous ferons de son fin profil
Une médaille… de bromure

CAMILLE

Voici que mon cœur palpite
Et que tremblent mes genoux
Ah ! répondez-moi bien vite
En quoi me transformez-vous ?

2 PHOTOGRAPHES

Dans la clarté de nos soleils
Nous prendrons votre silhouette
Et révélerons ses merveilles
Au public épris de vedettes

DICK

Voici qu'elle a revêtu
Sa parure passagère
Et son miroir tout ému
La prend pour une étrangère !

(Elle est habillée et se lève pour aller sur l'estrade tandis que chante le chœur.)

CHŒUR

Comme précédemment.

FIN DU PREMIER ACTE

RIDEAU

Deuxième acte

PREMIER TABLEAU

DÉCOR. – *Un petit bar de l'hôtel Édouard-Cinq où a lieu le cocktail d'anniversaire d'Overlord Mauser. Bar dans un coin. Atmosphère d'intimité confortable. Le barman prépare des cocktails et des assiettes derrière son bar. On entend une douce musique, les lumières sont tamisées, tout est feutré et cossu. Entrent trois femmes du monde, parfaitement à la mode, qui se dirigent d'un même pas vers le bar.*

Scène 1

LES 3 FEMMES

Barman !

BARMAN, *sursaute*

Quoi !

LES 3 FEMMES

Est-il là ?

BARMAN

Qui ?

LES 3 FEMMES

Comment, barman, vous ne savez pas en l'honneur de qui a lieu cette réunion ?

BARMAN

Vous savez, moi, mesdames, je fais ce qu'on me dit sans demander pourquoi.

LES 3 FEMMES

Mais c'est insensé !

BARMAN

Écoutez, mesdames, à l'hôtel Édouard-Cinq il y a en moyenne trente-neuf réceptions et demie par semaine. S'il fallait encore savoir pour qui on les organise, on deviendrait fou ! C'est assez d'avoir à donner à boire à toutes les folles qui viennent sans même savoir pourquoi.

LES 3 FEMMES

Barman, vous êtes insolent !

BARMAN

Voyons, mesdames, vous savez bien que les personnes présentes sont toujours exceptées !

LES 3 FEMMES

Voilà qui est mieux.

BARMAN

D'ailleurs, puis-je me permettre de vous offrir quelque chose ?

LES 3 FEMMES

Ah ! que ce barman est aimable !

(Elles s'asseyent d'un même geste sur les tabourets du bar.)

BARMAN

Et qu'allez-vous prendre ?

LES 3 FEMMES, *rythmiquement*

Avec un peu d'eau bouillie
« Ça » de sel de pissenlit
Dans du lait de sauterelle.

BARMAN, *horrifié*

Quoi !

LES 3 FEMMES

Avec un peu d'eau bouillie
« Ça » de sel de pissenlit
Dans du lait de sauterelle.

BARMAN, *enlève sa veste et appelle*

Georges ! Georges !

(Un second barman arrive.)

Mets ça !

(Il part l'air très malade.)

Remplace-moi…

GEORGES

Ça ne va pas ? Léon. Ça ne va pas ?

(Il le soutient.)

BARMAN, *la main au cœur*

Ah ! j'ai une faiblesse !

(Il s'effondre.)

GEORGES, *appelle 2 grooms*

Eh ! Vous autres ! Enlevez ça discrètement !

(On emmène le barman, Georges prend sa place.)

Alors, pour ces dames qu'est-ce que ça va être ?

LES 3 FEMMES, *désignant le barman*

Qu'est-ce qu'il a eu ?

GEORGES

Je ne sais pas, un étourdissement, sans doute. Qu'est-ce qui s'est passé ?

LES 3 FEMMES

Il allait nous servir à boire et il s'est effondré.

GEORGES

Et qu'allait-il vous servir ?

LES 3 FEMMES

Avec un peu d'eau bouillie
« Ça » de sel de pissenlit
Dans du lait de sauterelle.

GEORGES

Ce pauvre Léon... je comprends qu'il se soit évanoui... il a été barman chez Harry au New York Bar, alors... ça l'a saisi !

LES 3 FEMMES

Vous voulez dire qu'il ne connaît pas Overlord Mauser !

GEORGES

Sûrement pas.

LES 3 FEMMES

Mais c'est impossible ! Alors que c'est lui que nous attendons !

GEORGES

Léon est de la vieille école.

(Il commence à préparer le mélange.)

Mesdames...

LES 3 FEMMES

Quoi ?

GEORGES

Au fait... Qui est-ce Overlord Mauser ?

LES 3 FEMMES

Vous ne le connaissez pas non plus ?

GEORGES

Je suis confus, mesdames… mais je me suis arrêté au certificat d'études… mes parents étaient pauvres et j'ai dû travailler tout de suite…

LES 3 FEMMES

Mais vous lisez les journaux ?

GEORGES

À quoi ça me servirait-il puisque toutes les vedettes logent à l'Édouard-Cinq ?

LES 3 FEMMES

Et vous ne connaissez pas Overlord Mauser !

GEORGES

J'avoue que non…

(Musique, elles se retournent sur leur tabouret, face au public, et chantent.)

GEORGES

Ah dites-moi donc, mesdames
Qui est ce monsieur Mauser
Pour que de si jolies femmes
le révèrent ?

LES 3 FEMMES

Overlord, c'est notre idole
Et son charme ensorcelant
Nous rend toutes folles
sur-le-champ

GEORGES

Est-ce donc un alpiniste
Un grand as de l'aviation ?
Un acteur ? Un violoniste ?
    Un champion ?

LES 3 FEMMES

Il a dévoilé pour nous
Les secrets des nourritures
Il a mis à ses genoux
    La nature

GEORGES

Si je vous suis bien, mesdames
Il est monté sur les cimes
En inventant une gamme
    De régimes ?

LES 3 FEMMES

Vous avez fort bien compris
Et son génie pacifique
Est avant tout un génie
    Diététique

(Elles se lèvent et viennent chanter un petit ballet devant la scène.)

Taille menue, seins durs et bien plantés
Mollets galbés et jambes fines
Cuisses d'acier, bras ronds, belle santé
Cheveux brillants, grâce divine
C'est tout cela qu'un homme nous apporte
Adieu, cellulite et guêpière

Voici qu'il vient frapper à notre porte
Ouvrez à Overlord Mauser !...

(Musique s'arrête.)

GEORGES

Et vous suivez son régime ? Ça vous réussit pas mal !...

LES 3 FEMMES

Oh, on commence tout juste... On a acheté son livre hier...

(Entre un reporter.)

REPORTER

Le professeur Mauser est là ?

GEORGES

Pas encore, monsieur... on l'attend... Vous prenez quelque chose ?

REPORTER

Un double scotch !...

(Les 3 femmes le regardent avec réprobation.)

GEORGES

Voilà, monsieur.

(Il le vide d'un trait.)

REPORTER

Un autre !

(Entre un couple – Le reporter prépare son appareil.)

LES 3 FEMMES, *bas*

Qui est-ce ?

REPORTER

Sais pas… on verra ça en développant la photo…

(Il les prend.)

Merci.

(Entre le grand éditeur Poulinard, dans un fauteuil à roulettes, poussé par le groom du début – Le reporter s'empresse de nouveau.)

LES 3 FEMMES

Qui est-ce ?

REPORTER

Ça, c'est René Poulinard, l'éditeur de Mauser…

LES 3 FEMMES

Oh…

REPORTER, *se lève*

Vous permettez, monsieur Poulinard ?

POULINARD

Je vous interdis de me photographier.

(Il prend une pose avantageuse.)

REPORTER, *opère*

Ne bougez plus… Merci…

(Il tire sa pellicule pendant que Poulinard tire un revolver de sa poche intérieure.)

POULINARD

Ne bougez plus…

(Le reporter ne bouge plus, Poulinard tire.)

Merci !

(Le reporter tombe, le groom l'emmène en le tirant par les pieds.)

Barman ! Un double scotch.

(Les 3 femmes s'approchent.)

Et présentez-moi à ces belles !

(Présentation à mi-voix tandis qu'il y a un remous dans le reste des gens du plateau. C'est Carole Martin qui arrive, suivie de Neuneu. Les 3 femmes lâchent Poulinard et le mot se chuchote de l'une à l'autre : Carole Martin…)

Carole Martin.

(Arrive un autre reporter et les éclairs reprennent mais sur Carole.)

POULINARD

Qu'est-ce que c'est tout ce travail ?

REPORTER

C'est Carole Martin… et son fiancé… elle a réussi à décrocher un gars intéressant…

POULINARD

Il n'y en a que pour elle, alors…

2e REPORTER

C'est une jolie fille, après tout…

POULINARD

Est-ce qu'elle a déjà écrit ses mémoires ?

2e REPORTER

Je ne crois pas, monsieur Poulinard…

POULINARD

Tiens, vous connaissez mon nom ?…

2e REPORTER

Je serais le seul, monsieur Poulinard…

POULINARD

Et vous ne me photographiez pas ?

(Il caresse son revolver.)

2e REPORTER

Euh… non, monsieur Poulinard.

POULINARD

Tant pis, tant pis… mais dites-moi, pourquoi n'a-t-elle pas écrit ses mémoires ?…

REPORTER

Parce que pas un éditeur n'a envie d'aller en prison pour outrage aux mœurs…

POULINARD

Ah, ah… Eh bien… vous pourriez m'amener cette petite ?

REPORTER

Certainement, monsieur Poulinard…

(Il se détache et va vers Carole Martin. Neuneu passe vers le bar. Le reporter l'arrête.)

REPORTER

Pardon, vous êtes bien Gaston de Nemours ?

NEUNEU

Oui… c'est moi, oui…

REPORTER

Vous êtes fiancé à Carole Martin, n'est-ce pas…

NEUNEU

Comment !

(Il a l'air absolument effaré. Le reporter le photographie juste à ce moment-là et passe.)

Quoi ! Mais qu'est-ce qu'il a dit ! Mais alors… je suis compromis…

(Il s'approche de Poulinard.)

Monsieur… Monsieur…

POULINARD

Pardon ?…

NEUNEU

Est-ce que ça se voit sur ma figure, que je suis compromis ?

POULINARD

Mais non, mais non… on ne peut absolument rien voir sur votre figure… C'est une figure sans légende…

NEUNEU

Ah, cette Carole ! Où m'a-t-elle entraîné ?

POULINARD

C'est de Carole Martin qu'il s'agit ?

NEUNEU

Oui…

POULINARD

Vous la connaissez ?

NEUNEU

Ah ! Je ne la connais que trop !... Il paraît que nous sommes fiancés... Vous vous rendez compte !

(Il regarde – À ce moment, paraissent Overlord et Céleste.)

Seigneur ! Voilà son père !

POULINARD

Ce monsieur est le père de Carole Martin ?

NEUNEU

Non... C'est le père de Camille... mon beau-père... C'est Overlord Mauser... Ah... Que faire ?... où me cacher ?

POULINARD

Dites-moi... ça n'a pas l'air d'aller... Barman !

GEORGES

Voilà...

POULINARD, *à Neuneu*

Buvez ça... là... très bien...

(Carole revient avec le reporter pendant qu'Overlord traverse et va vers le fond. Neuneu avale son scotch et a un haut-le-corps.)

NEUNEU

Qu'est-ce que c'est que ça ! Mais c'est du vitriol !...

GEORGES

Oh ! Monsieur ! C'est un scotch extra !...

POULINARD

Ça vous fera du bien.

(Au reporter :)

Présentez-moi.

REPORTER

René Poulinard, l'éditeur le plus célèbre de Paris... Carole Martin.

POULINARD

Trop connue pour qu'il soit nécessaire de commenter... Asseyez-vous donc, mademoiselle Martin... Barman !

GEORGES

Oui, monsieur.

POULINARD, *à Carole*

Que prenez-vous ?

CAROLE

Mauser n° 2.

GEORGES

Le… chose de sauterelle ? et du pissenlit ?

CAROLE

Exactement.

GEORGES

Bien, mademoiselle.

POULINARD

N'y allons pas par quatre chemins… il paraît que vous écrivez vos mémoires ?

CAROLE

Oh ! Pas du tout… les deux dernières années seulement… et je me contente de mes souvenirs amoureux…

POULINARD

Bon… ça fait un volume de mille pages, quoi… voyons les choses en face…

CAROLE, *vexée*

Mille pages ? Eh bien vous n'êtes pas très galant…

NEUNEU

Il vous a vexée ? Je le provoque ?

POULINARD, *tire son revolver*

Du calme !

(Il le rempoche.)

Ce zèbre-là vient à la fin, je suppose ?

CAROLE

Oui… oh, il n'aura qu'un petit chapitre… cela fait plutôt partie de mes souvenirs d'affaires…

NEUNEU

Quoi ? Vous parlez de moi dans vos mémoires ? Mais ce n'est pas possible !… Ah ! Je suis foutu !…

POULINARD

Barman. Un double scotch pour monsieur…

(À Carole :)

Bon ; eh bien ça m'intéresse en principe. Pouvez-vous passer à mon bureau demain ?

CAROLE

Demain ? Je verrai…

(Elle se lève.)

Je vous ferai téléphoner…

(Redescend Overlord escorté des 3 jolies filles – Tout le monde s'empresse autour de lui.)

OVERLORD

Cher Poulinard… Quelle joie de vous voir ici… Comment va la vente de mon livre ?

POULINARD

Ça va… c'est tiède…

OVERLORD

Êtes-vous bien sûr de faire assez de publicité ?

POULINARD

Vous n'allez pas m'apprendre mon métier, tout de même…

OVERLORD

Certes non… Moi, vous savez, les affaires d'argent, d'ailleurs, je n'y comprends rien… Je suis un papillon… Mais pas un papillon d'affaires…

(Il aperçoit Carole.)

Comment, chère amie… vous êtes là, quelle surprise !

(Il lui baise la main.)

REPORTER

Laissez-moi fixer cet instant historique, professeur.

(Il s'apprête à photographier, mais il y a un grand remous… La radio arrive.)

VOIX DIVERSES

C'est la radio…

REPORTER

Excellent ! On va vous prendre en train de parler au micro… Enfin une photo originale…

(Un radioreporter arrive.)

RADIOREPORTER

Monsieur Mauser et Carole Martin… C'est une chance…

(À son micro :)

T'es prêt, Dunœud ? Je compte… Cinq… quatre… trois… deux… un… vas-y. Eh bien mes chers auditeurs, nous avons le plaisir d'avoir aujourd'hui à notre micro…

(Le reporter photo le pousse du coude – il y a en effet un nouveau remous.)

Quoi ?

(À son micro :)

Arrête-toi, Dunœud, en v'là encore d'autres…

OVERLORD

Écoutez, jeune homme, vous n'allez pas nous tenir là deux heures.

RADIOREPORTER

Mais non, mais non…

(Apparaissent Camille, toutes voiles dehors, et Dick en hindou, lunettes noires, turban.)

Oh ! Sacré non ! Ça c'est de l'actualité…

(Au reporter photo :)

Qui c'est, ces deux-là ?

REPORTER

Je n'en sais rien…

(Camille s'approche.)

Mais c'est de l'actualité… je sens ça…

CAMILLE

Alors, mon père, vous avez terminé avec le micro ? Je crois que ce monsieur voudrait m'interviewer.

(Elle passe avec dédain devant Carole qu'elle bouscule.)

RADIOREPORTER

Dunœud ! Dunœud ! Cinq, quatre, trois, deux, un…

CAMILLE, *regarde Neuneu*

Oh ! Décidément, l'hôtel Édouard-Cinq est très mal fréquenté.

(À Dick :)

Vous venez, prince ? Allons-nous-en.

REPORTER PHOTO, *au radioreporter*

Prince… T'as entendu… C'est bon, ça, mon frère… Si on pouvait savoir d'où il est…

OVERLORD

Mais reste donc, Camille… on va nous interviewer ensemble… Ce sera charmant… au fait… tu connais mon éditeur. Ma fille… René Poulinard…

POULINARD

Comment se fait-il qu'on ne vous voie jamais aux réunions de votre père, mademoiselle ?

CAMILLE

Mon père a honte de moi… il trouve que je fais trop famille.

(Elle rit.)

Il a raison, n'est-ce pas ?

(Elle tourne sur elle-même putain comme tout.)

Je ne lui ferais pas honneur.

(Elle aperçoit sa marraine.)

Oh ! Bonjour, ma marraine.

(Elle l'embrasse comme du bon pain.)

REPORTER PHOTO, *photographie*

Charmant ! Cette photo sera extraordinaire.

RADIOREPORTER

Dunœud ? Ça marche ? Je ne compte plus, hein, je me lance…

POULINARD

Barman ! Apportez donc à boire à tout le monde.

CAMILLE

Pas de lait de sauterelle pour moi ! Un triple Ricard avec du poivre et du piment…

OVERLORD

Mais tu vas te ruiner la santé, ma petite fille…

CAMILLE

Tout le monde ne peut pas ruiner celle des autres, papa…

RADIOREPORTER

Oh ! Délicieux… Mes chers auditeurs, outre le grand Overlord Mauser, nous avons la joie d'avoir à notre micro une future vedette de talent, sa fille Camille Mauser, qui a bien voulu nous réserver cette interview exclusive.

(Le barman revient avec un plateau chargé de verres et sert tout le monde. Neuneu, maladroitement, renverse le sien sur son veston et son pantalon.)

NEUNEU

Oh ! mon complet neuf !

CAROLE

Vous êtes odieux, décidément !

(Elle remonte et s'éloigne furieuse.)

RADIOREPORTER, *l'appelle*

Mademoiselle Martin !… Je vous en prie !

(Elle file.)

Mes chers auditeurs, appelée sans doute par des engagements ultérieurs, Carole Martin a dû partir et me prie de l'excuser auprès de vous…

POULINARD

Elle n'aime pas la concurrence, hein ?

(Neuneu, un peu détaché, parle avec le barman en même temps que le radioreporter. Le barman lui fait signe de retirer son pantalon et son veston et l'entraîne vers un recoin avec une porte. On entendra juste ces paroles :)

BARMAN

Je vous les fais porter dans cinq minutes, monsieur. Tout sera parti…

NEUNEU

Vite ! Hein ! Vite !

(Le barman le masque aux autres, il se déshabille et entre dans un petit placard à l'extrême droite ou gauche de la scène – Le barman reviendra et ramassera les verres – Un groom emporte les frusques.)

RADIOREPORTER

Et maintenant, Camille Mauser, pouvez-vous nous dire, d'abord, quel est le mystérieux et fascinant cavalier qui vous accompagne ?

CAMILLE

Certainement… c'est le prince du Gopal… il a vu ma photo dans un magazine anglais et il est venu des Indes pour me suivre nuit et jour…

RADIOREPORTER

Mes chers auditeurs, je n'ai pas besoin de vous dire que si j'avais la possibilité de le faire, je me conduirais exactement comme le prince… Au fait, puis-je sans indiscrétion vous demander si vous devez cette ligne remarquable à la pratique du régime Overlord Mauser ?

OVERLORD, *s'avance*

Ma fille suit mon régime depuis sa plus tendre enfance…

CAMILLE, *lui coupe la parole*

Oui, aussi jusqu'à quinze ans j'ai été une affreuse petite fille obèse et pleine de cellulite… C'est alors que j'ai eu l'idée de composer moi-même mon régime alimentaire d'après les observations que j'avais eu l'occasion de faire au cours de mes voyages multiples !…

OVERLORD

Mais Camille…

CAMILLE

J'ai abandonné alors le germe de caramel et le reste et je me nourris notamment de mayonnaise, de bifteck d'ours et de pastis poivré. Vous voyez le résultat…

RADIOREPORTER

Mes chers auditeurs, je regrette de ne pas avoir une caméra de télévision à ma disposition… ou plutôt je ne le regrette pas, car il est probable qu'elle exploserait en voyant mademoiselle Mauser…

POULINARD

Et que pensez-vous du double scotch ?

CAMILLE

C'est excellent pour se laver les yeux le matin…

POULINARD

Dites donc…

(Il semble intéressé, mais le radioreporter lui coupe la parole.)

RADIOREPORTER

Mes chers auditeurs, je suppose que vous avez bu comme du lait de sauterelle les paroles de Camille Mauser… et maintenant, nous allons lui demander quels sont ses projets…

(Overlord, effondré, est soutenu par Céleste et les gens s'écartent peu à peu de lui pour venir entourer Camille.)

CAMILLE

Je compte écrire un livre… afin que chacun puisse profiter de mes expériences…

RADIOREPORTER

Mais j'aperçois René Poulinard qui n'est pas loin… Monsieur Poulinard, peut-être seriez-vous l'heureux éditeur…

POULINARD

Avec plaisir, mais…

CAMILLE, *le coupe*

Oh ! Je n'ai pas encore fixé mon choix sur un éditeur… J'attends leurs propositions.

POULINARD

Eh bien, vous pouvez prendre note… Je vous offre le double…

CAMILLE

Le double ?

POULINARD

Le double du maximum que les autres vous proposeront.

RADIOREPORTER

Mes chers auditeurs, je suis ému comme vous, nous assistons sur le vif à la naissance d'un nouvel auteur à gros tirage, Camille Mauser... Il est hors de doute que Poulinard vient de mettre la main sur un poulain qui le mènera loin...

CAMILLE

Je réfléchirai.

(Au prince :)

Cher ami, cette foule... pourriez-vous me conduire dans un coin plus tranquille ?

DICK

Certainement, Camille.

RADIOREPORTER

Mademoiselle Mauser... Quelques détails encore sur votre livre !...

(Musique – Camille chante.)

Il n'y a pas que les pêcheurs
Qui soient enragés de la ligne
Je connais bien des gens fort dignes
Dont elle a causé le malheur

Il n'y a pas que les coiffeurs
Qui soient obsédés par leur taille
Il n'y a pas que les futailles
Qui cerclent d'acier leurs rondeurs

Il n'y a pas que le bon Dieu
Qui soit tourmenté par ses saints

Et le problème du bassin
Dépasse l'écolier studieux

Les prisonniers dans les prisons
Souffrent aussi de cellulite
Mais leur cellule leur évite
Le masseur avec ses pinçons

Refrain

Oh je vous en conjure
Débarrassez-vous donc
De ces sottes tortures
Et je vous ferai don
De ces couleurs vermeille
D'un pied sûr d'un œil vif
D'une minceur d'abeille
Et d'un buste agressif

Pas de choses surprenantes
Des aliments bien français
En quantité abondante
Et sans redouter l'excès

Mangez ce qui vous tente
Ne vous privez de rien
La vie est épatante
Et l'on se porte bien

(Parlé)
Le matin, en me réveillant
Une salade de homards
Et des petits pains croustillants
Garnis de farce de canard…

À dix heures, on casse la croûte
Un petit déjeuner léger
Perdreau truffé, pâté en croûte
Vodka, cognac, bien mélangés

À midi, mettez-vous à table
Et mangez cru avec du sel
Un bifteck d'ours considérable
Arrosé de vin de Moselle

À quatre heures, un goûter s'impose
Gâteaux crémeux, fruits de saison
Rahat-loukoum et thé de rose
Porto, petits-fours à foison

Vient le dîner, le jour s'avance
On peut se permettre un extra :
Sole Morny, bons vins de France
Gigot vert pré, faisan, foie gras

Puis au souper l'on se retrouve
Autour d'huîtres et d'escargots
Pain de seigle, cuissot de louve
Alcools de derrière les fagots

Et vos nuits seront bien meilleures
Si vous buvez pour digérer
Une coupe toutes les heures
D'un bon Cliquot réfrigéré

(Musique. Elle reprend.)

Pas de choses surprenantes
Des aliments bien français

En quantité abondante
Et sans redouter l'excès

CHŒUR

Mangeons ce qui nous tente
Ne nous privons de rien
La vie est épatante) bis
Et l'on se porte bien)

RADIOREPORTER

Eh bien ! Quel livre ça va faire ! Et son titre, mademoiselle Mauser ?

CAMILLE

VIVEZ SAIGNANT... VIVEZ TOUJOURS !...

RADIOREPORTER

Sensationnel ! Eh bien nous quittons Camille Mauser.

(Au prince :)

Mais le prince du Gopal voudra-t-il nous dire quelques mots à son tour...

DICK, *sans le moindre accent*

Je m'excuse, mais j'ai les plus grandes difficultés à m'exprimer en français et j'hésite à faire une déclaration qui, étant donné ma mauvaise connaissance des nuances les plus subtiles de votre langue, risquerait de donner lieu à des interprétations que je ne voudrais point que l'on prît pour ma pensée véritable.

(Il s'incline.)

RADIOREPORTER

Merci, prince, vous nous comblez…

(À Overlord :)

Monsieur Mauser ?

(Overlord fait signe que non.)

CÉLESTE

Ne le tourmentez pas, il est brisé…

RADIOREPORTER

Bon, bon…

(Il se tourne vers Poulinard.)

Monsieur Poulinard, pourriez-vous tirer la conclusion de cet entretien ?

POULINARD

Laissez-moi tranquille…

RADIOREPORTER

Mais j'insiste !

(Poulinard tire son revolver et l'abat.)

POULINARD

Quelle engeance !

(Le groom vient enlever le corps en le tirant par les pieds, Poulinard remonte. Dick et Camille reviennent. Les gens se pressent au bar. Dick et Camille vont vers la porte où est enfermé Neuneu.)

CAMILLE

Peut-être qu'on va enfin trouver un endroit calme.

(Dick ouvre la porte et s'efface. Neuneu sort affolé.)

NEUNEU

Alors ! Ma culotte ! Ma veste ! Oh ! Camille !

(Étonnement général à la vue de Neuneu en caleçon.)

CAMILLE

Ma parole, mais c'est une manie, chez vous, mon ami !

REPORTER PHOTO, *le photographie*

Oh ! Extrêmement intéressant !

(À Camille :)

Qui est-ce ?

CAMILLE

Je ne sais pas… le fiancé de Carole Martin, je crois.

NEUNEU

Barman ! Mes vêtements ! Oh ! Au secours ! C'est un vol ! C'est la caverne d'Ali Baba ! C'est la foire d'empoigne ! C'est un scandale…

CAMILLE, *au barman*

Barman, pourriez-vous nous débarrasser de cet individu ?

DICK

Je vais m'en charger, ma chère.

(Il attrape Neuneu.)

Baloutchistan chota peg Ram Krishna brahmapoutre !

NEUNEU

Quoi ?

DICK

Baghavâti kamasoutra sahib ! Balet !

(Il l'expulse. Au groom :)

Emmenez cet être impur !

NEUNEU

C'est un scandale ! On m'a dépouillé pour me couvrir de honte ! Mais je protesterai ! Je protesterai !

POULINARD, *au bar*

Barman ! Un quadruple pastis… avec du poivre et du piment !

CAMILLE

Ah ! Vous y venez !

3 FEMMES DU DÉBUT

Barman ! La même chose pour nous !

BARMAN, *s'affaire*

Voilà ! Voilà !

TOUS

Barman ! La même chose !

(Overlord aidé de Céleste se lève.)

Ah ! je suis brisé.

CÉLESTE

Venez prendre quelque chose, mon cher !

OVERLORD, *se ressaisit*

Après tout !

(Il bombe le torse.)

C'est ma fille ! Ça ne sort pas de la famille ! Barman !

(Silence général.)

BARMAN

Monsieur Mauser.

OVERLORD

Un sex triple pastis, avec du poivre et du piment.

(Stupeur générale.)

Et une gousse d'ail !... Et vous me le servirez chaud !

(Clameurs d'approbation... À ce moment, des serveuses Ricard peuvent se détacher, descendre dans le public et recruter quelques personnes pour les emmener boire. Autour du bar, on se mettra à chanter de plus en plus gaiement pour le final, en reprenant en chœur le dernier couplet de la chanson de Camille.)

CAMILLE ET DICK

Pas de choses surprenantes
Mais un produit bien français
En quantité abondante
Et sans redouter l'excès

CHŒUR

Buvons ce qui nous tente
Ne nous privons de rien
La vie est épatante)
Et l'on se porte bien) bis

RIDEAU

DEUXIÈME TABLEAU

DÉCOR. – *Bureau de Camille chez son éditeur René Poulinard. Bureau vaste, moderne, sobre et sérieux. Canapé de cuir. Table dactylo avec machine à écrire. Rayonnages*

– Livres, etc. Immense bureau ministre avec cinq ou six téléphones dessus pour Camille. Au lever du rideau, Overlord, à la table dactylo, à portée de main des téléphones, tape à la machine. Il a des manches de lustrine et un rond-de-cuir.

Scène 1

OVERLORD, *seul*

OVERLORD, *tape*

Comme suite à votre lettre dont référence ci-dessus, j'ai l'honneur de vous signaler que mademoiselle Mauser sera dans l'impossibilité absolue de répondre à votre aimable invitation et de prononcer à l'ambassade d'Iran une conférence sur son régime malgré les flatteuses conditions précisées par votre lettre ; Mademoiselle Mauser se trouvera en effet à New York à cette date…

(Le téléphone sonne.)

Oui… J'y vais… allô ! Ah, non mademoiselle Mauser n'est pas là, monsieur, de la part de qui monsieur ? Oh ! pardon, Excellence… merci, Excellence.

(Autre sonnerie.)

Allô… oui… non madame, mademoiselle Mauser n'est là qu'entre onze heures et onze heures et demie… Je vous en prie…

(Il raccroche et se met à retaper.)

Veuillez agréer, Cher Monsieur…

(Téléphone.)

Oui, madame… eh bien… rappelez vers midi.

(Coups à la porte, il décroche un autre téléphone.)

Allô ?

(Il s'aperçoit de son erreur.)

Ah… c'est à la porte… je deviens gâteux… Quel métier !

(Il crie :)

Entrez !

(Entre Neuneu, avec un bouquet de fleurs ridicules.)

Scène 2

NEUNEU, OVERLORD

NEUNEU, *plus myope que jamais*

Bonjour, mademoiselle !

OVERLORD, *sans lever le nez*

Bonjour, madame… Vous avez un rendez-vous ?

NEUNEU

Oh, pardon… Mais c'est vous beaupapa !

OVERLORD

Neuneu ! Eh ben ! C'est une surprise…

NEUNEU

Agréable, j'espère !

OVERLORD

Ça, on va voir… mais ma parole, vous avez un pantalon ! Que se passe-t-il !

NEUNEU

Écoutez, beaupapa…

OVERLORD

Écoutez, Neuneu, ne m'appelez pas beaupapa; d'abord, je ne suis pas votre beau-père, ensuite, ça me vieillit horriblement…

NEUNEU

Excusez-moi, beaupapa… mais vous l'avez été presque…

OVERLORD

C'est ce « presque » toute la différence…

NEUNEU

Mais c'était pas ma faute…

OVERLORD

Est-ce ma faute à moi si vous vous êtes subitement mis à ne plus porter de pantalon ?

NEUNEU

Mais j'en ai un aujourd'hui !

OVERLORD

Je vois, Neuneu, je vois que vous en avez un, et cela m'inquiète fort ! C'est mauvais signe ! Neuneu, je trouve que ce pantalon va vous retomber sur le nez, si j'ose dire !

NEUNEU

Toute cette affaire est un horrible malentendu et vous ne faites rien pour l'éclaircir !

OVERLORD

Et vous ?

NEUNEU

Je suis là pour ça.

OVERLORD

Dois-je comprendre que cette visite à Camille a pour but de vous réhabiliter à ses yeux ?

NEUNEU

En résumé, oui.

OVERLORD

Vous perdez votre temps. Autant essayer d'attendrir le marbre.

NEUNEU

Mais ce n'est pas possible ! Je suis une victime innocente... Je ne peux pas accepter ce sort injuste !

OVERLORD

Neuneu, tout ce qui arrive est le résultat de votre incorrigible obscénité. J'admets qu'il soit fort agréable de se promener en caleçon et je vous confesserai entre nous que l'idée m'en est venue souvent ; mais conscient de mes devoirs de citoyen et d'homme, j'ai toujours résisté à cette impulsion gamine, et je puis aujourd'hui porter la tête haute…

NEUNEU

Mais moi aussi, je porte la tête haute !

OVERLORD

De là vient sans doute, Neuneu, que vous ne voyez pas la nudité de vos membres inférieurs.

NEUNEU

Mais enfin, aujourd'hui, j'ai un pantalon !

OVERLORD

En êtes-vous bien sûr, Neuneu ?

(Neuneu se tâte, inquiet.)

Voyez-vous, votre conduite a fait beaucoup de mal… D'abord vous avez précipité dans le chagrin et le désespoir une innocente jeune fille. Par réaction, la pauvre enfant, cherchant un dérivatif, s'est mise à écrire des livres… et l'hérédité jouant, elle a écrit de bons livres… que voulez-vous, nous avons ça dans le sang, nous autres… Ses livres ont eu du succès… un succès triomphal… Hélas !…

NEUNEU

Pourquoi, hélas ?

OVERLORD

Parce que les miens ont cessé de se vendre, Neuneu ! Parce que j'ai dû accepter de devenir son secrétaire, Neuneu ! Parce que vous avez fait d'une jeune fille la concurrente de son père, et que ce père, s'effaçant devant le talent de son enfant, a accepté de jouer le rôle ingrat de la cendrillon laborieuse qui a couvé un œuf de phénix !

NEUNEU

Taisez-vous ! Vous me déchirez.

OVERLORD, *ému aussi*

N'est-ce pas… C'est poignant… et me voilà devant vous, Neuneu ! le grand Overlord Mauser… le familier des rois et des reines, secrétaire de sa fille, voué aux tâches obscures de la dactylographie et du standard téléphonique combinés !… Oui, Neuneu, vous avez introduit une double croche grivoise dans le mélodieux arpège d'une famille tendrement unie, transformant en accord dissonant la sublime harmonie des cœurs affectueux… et vous avez publiquement compromis une adorable créature !

NEUNEU

Mais je n'ai pas compromis Camille !

OVERLORD

Vous avez compromis Carole Martin !

NEUNEU

Oh ! moi !

OVERLORD

Et c'est assez indigne, ajouté-je, de votre part !

NEUNEU

Mais c'est elle qui m'a presque violé.

OVERLORD

Monsieur de Nemours, il n'est pas d'un galant homme de tenir de tels propos à l'endroit d'une femme du monde !

NEUNEU

Ce n'est pas une femme, c'est un vampire !

OVERLORD

Neuneu, vous m'écœurez !

NEUNEU

Mais, beaupapa, écoutez, il faut que vous fassiez quelque chose !

OVERLORD

Neuneu, si vous avez le malheur de m'appeler beau-papa une fois de plus, je me livre sur votre personne à des sévices dont votre imagination pourtant féconde ne peut avoir la moindre idée.

NEUNEU

Mais vous vous rendez compte !

(Il regarde sa montre.)

Oh ! Onze heures dix ! Ce n'est pas possible !…

OVERLORD

Oh, Neuneu, quel jour funeste que le jour de votre naissance !

NEUNEU, *affolé*

Où est-elle ! Que fait-elle ! Il faut que je la voie !

(Il va vers Overlord et l'empoigne par ses revers.)

Écoutez ! Si à onze heures et demie je n'ai pas réussi à convaincre Camille de ma pureté et de mon innocence, je suis fichu !

OVERLORD

Lâchez-moi, vous avez mangé des escargots et c'est très désagréable !

NEUNEU

Mais c'est le régime de Camille ! Oh ! je deviens fou !…

OVERLORD

Enfin une parole sensée !

NEUNEU, *se calme*

Monsieur Mauser, si je pars d'ici sans avoir convaincu Camille, je suis condamné à Carole Martin !

OVERLORD

Encore ! Écoutez, si vous persistez à traiter de la sorte une personne aussi charmante, je vous mets dehors… ou du moins je m'en vais, car je déteste me battre.

NEUNEU

Moi aussi…

OVERLORD

Vous voyez… nous sommes faits pour nous entendre… euh… non, je suis en train de vous engueuler, au fait.

NEUNEU, *regarde sa montre*

Onze heures et quart ! Oh !… Encore quelques instants et ma ruine est consommée !

OVERLORD

Neuneu, vous consommâtes la mienne ; n'attendez pas un instant que je vous plaigne.

NEUNEU

Mais je vous répète que c'est un atroce malentendu ! Que j'étais dans le salon, que j'ai pris Carole Martin pour Camille Mauser…

OVERLORD

Je reconnais qu'elles ont les mêmes initiales…

NEUNEU

Et que j'ai fait à la première une déclaration qui s'adressait à la seconde. J'ajoute que je n'avais pas mes lunettes.

OVERLORD

Excuse commode ! Ça devrait être une raison de plus pour les garder !

NEUNEU

Mais je suis affreux avec des lunettes !

OVERLORD

Neuneu, je ne veux pas prononcer des paroles dont l'impact sur votre sensibilité puisse entraîner un traumatisme susceptible ultérieurement de vous induire aux pires excès ; mais vous n'êtes guère différent sans lunettes.

NEUNEU

C'est vrai ?

OVERLORD

C'est la vérité toute nue…

NEUNEU

Oh, assez d'allusions…

OVERLORD

Mais sans allusion, Neuneu pouvez-vous justifier cette tenue incroyable dans laquelle nous vous trouvâmes ?

NEUNEU, *baisse la tête*

Eh ben… me trouvant seul avec elle, ça m'avait donné des idées…

OVERLORD

C'est humain…

(La porte s'ouvre, et l'on voit apparaître Camille qu'ils ne voient pas.)

NEUNEU

Ben oui, c'est humain…

OVERLORD

Mais c'est immonde ! Ainsi, à deux heures de l'épithalame, vous vous apprêtiez à souiller ma fille !

NEUNEU

Je l'avoue… mais je comptais sur son consentement !

OVERLORD

Et vous aviez tiré les rideaux…

NEUNEU

Oui… j'avais tiré les rideaux.

Scène 3

CAMILLE, OVERLORD, NEUNEU

CAMILLE, *entre*

Mais grâce au ciel, ça ne m'a pas empêchée de voir clair !

NEUNEU

Oh ! Camille ! Vous !

CAMILLE

Oui, moi. C'est mon bureau ici, figurez-vous.

(Elle le regarde.)

Au fait, vous n'avez pas trop chaud ? Si votre pantalon vous gêne, retirez-le donc, je vous en prie !…

OVERLORD

Camille !

CAMILLE

Ça ne me fera pas plus d'effet que de voir un chien dans la rue… Les chiens non plus n'ont pas de culotte vous savez !

NEUNEU

Camille, vous me torturez !

CAMILLE

J'en suis fort aise ! Au fait, qu'est-ce qui vous amène ?

NEUNEU

Eh ben…

(Il déglutit.)

Voilà…

(Il va chercher son bouquet.)

Camille… voulez-vous m'épouser ?

(Elle le regarde.)

Oui. Euh… je reconnais que j'ai fait des erreurs… Mais j'avoue mes erreurs…

(Elle va s'asseoir.)

Et puis si vous refusez, je suis foutu…

CAMILLE

Ah oui ?

NEUNEU

Camille, si vous refusez, je serai obligé d'épouser Carole Martin… vous ne pouvez pas me faire ça !…

CAMILLE

Je ne peux pas vous faire ça à vous, mais je peux sûrement le lui faire à elle…

NEUNEU

Mais souvenez-vous… nos fiançailles… notre beau roman…

CAMILLE

Gaston de Nemours, vous avez un certain culot !

NEUNEU

Mais, Camille, je vous aime !

CAMILLE, *brutale*

Assez !

(Un silence, elle se lève, le regarde, et soudain, éclate de rire.)

Ah ! Ah ! Ah ! il m'aime ! Ah ! Ah ! C'est trop drôle !… Il m'aime !

(Elle le regarde.)

Mais qu'est-ce qu'il y a, Neuneu… ça ne va pas ? Vous êtes fatigué, mon petit… il faut prendre des vacances… avec une personne de confiance… Il y en a une charmante qui vous attend en bas dans sa voiture…

NEUNEU

C'est ma voiture…

CAMILLE

Ce sera la sienne… il faut être généreux, Neuneu… vous lui avez fait le don de votre personne, mais vous pouvez bien ajouter la voiture… ce n'est pas trop pour faire passer le cadeau.

NEUNEU

Mais vous plaisantez, Camille…

CAMILLE

Je ne plaisante pas. Et pour vous le prouver, voici mon dernier mot : Foutez le camp d'ici !

(Elle a dit ça avec netteté et brutalité. Silence, puis musique.)

NEUNEU

Ah pardonnez-moi, Camille
Cet instant de déraison
Qui perturba nos familles
Et brisa notre liaison

Mon amour était sincère
S'il se mêlait de désir
Ne soyez pas trop sévère
Amour n'exclut pas plaisir

CAMILLE

Épargnez-moi ces discours
Qui me font perdre mon temps
Monsieur Gaston de Nemours
    Foutez-moi l'camp !

NEUNEU, *à Overlord*

Pardonnez-vous, beau-père
À ce pécheur repenti ?
Oyez son humble prière
Voyez comme il a pâti !

Si j'ai causé votre ruine
Si j'ai fait votre malheur

Je ne peux plus, j'imagine
Compter sur votre bon cœur ?

OVERLORD

Épargnez-moi ces discours
Qui me font perdre mon temps
Mon cher Gaston de Nemours
Foutez-moi l'camp !

NEUNEU, *aux deux*

Je vous offre mes excuses
Je vous offre mes remords
Ne dites pas je refuse
Je n'ai pas eu que des torts !

CAMILLE ET OVERLORD

Épargnez-nous ces discours
Qui nous font perdre du temps
Monsieur Gaston de Nemours
Foutez-nous l'camp !

NEUNEU Je n'ai donc plus de chance
CAMILLE Mais non
OVERLORD Mais non
Votre stupide insistance
Ne peut rien donner de bon
NEUNEU Il faut donc que je m'en aille
OVERLORD Mais oui
CAMILLE Mais oui
Ce fut une erreur de taille
De vous montrer aujourd'hui

TRIO

CAMILLE et OVERLORD	Épargnez-nous ces discours
NEUNEU	Ah, c'est dur pour mon cœur lourd
CAMILLE et OVERLORD	Qui nous font perdre du temps
NEUNEU	D'entendre ces mots blessants
ENSEMBLE	Monsieur Gaston de Nemours
Bis	Foutez-nous l'camp !

NEUNEU

Eh ben… je fous le camp…

(Il sort.)

CAMILLE

Adieu !…

OVERLORD

Au revoir !…

CAMILLE

J'ai dit Adieu…

OVERLORD

Adieu, adieu…

Scène 4

OVERLORD, CAMILLE

OVERLORD

Ah ! bon débarras.

CAMILLE

Bon débarras ? S'il te gênait tu n'avais qu'à ne pas le laisser entrer !

OVERLORD

Mais Camille, quand il a frappé, je ne pouvais pas savoir que c'était lui.

CAMILLE

Eh bien tu pouvais le mettre dehors aussitôt après avoir ouvert.

OVERLORD

Mais écoute, ça aurait été très impoli…

CAMILLE

Il est poli, lui ? Et puis pourquoi crois-tu que tu es là ?

OVERLORD

Mais !… pour t'aider, Camille.

CAMILLE

Je te paie assez cher pour que tu fasses ton travail convenablement ! Qu'est-ce qu'il y a, tu n'es pas content ?

OVERLORD

Oh ! Camille ! Mais je suis très content !

CAMILLE, *cinglante*

Tu veux de l'augmentation ?

OVERLORD

Écoute, pourquoi es-tu si désagréable ? Est-ce que je me plains ?

CAMILLE

Il ne manquerait plus que ça ! Tu as une place de tout repos, tu ne fais rien, je t'entretiens, et tu protestes !

OVERLORD

Mais qui a dit quoi que ce soit !

CAMILLE

Oh, je le vois bien que tu mijotes quelque chose ; ça t'embête de ne plus être le grand Overlord Mauser, hein ? Ça t'embête que ça soit moi qu'on invite et qu'on édite et dont on parle. Tu es jaloux de ta propre fille ! Ta fille à qui tu n'as même pas été capable de trouver un mari convenable !…

OVERLORD

Oh ! Mais enfin, ça te regardait, ça, tout de même !

CAMILLE

Pas du tout ! Le devoir d'un père est de trouver un bon mari à sa fille.

OVERLORD

Mais enfin je n'ai aucune qualité pour en juger ! Je serais mère, encore…

CAMILLE

Et tout ce que tu m'as trouvé, c'est cet abruti, cet exhibitionniste, ce raté…

OVERLORD

Bon, eh bien tu en es débarrassée, alors ? Et c'est grâce à lui que tu es devenue célèbre, en somme !

CAMILLE

Grâce à ce satyre !

OVERLORD

Si tu n'avais pas été trahie, tu l'aurais épousé, tu n'écrirais pas, je serais encore le grand Overlord et rien de tout ça ne serait arrivé !

CAMILLE

Alors, c'est grâce à lui ! C'est ça que tu penses !

OVERLORD

Et si c'est moi le responsable de ton choix, eh ben c'est grâce à moi… C'est d'ailleurs mon avis intime…

CAMILLE

Oh ! Ça, alors !… quel culot ! J'ai tout fait moi-même ! J'ai dû me débrouiller moi-même, travailler, pleurer, m'étourdir, et c'est grâce à toi que j'ai réussi !

OVERLORD

Écoute, je ne peux tout de même pas être la cause de tout… Si je suis responsable de Neuneu, je suis responsable de ton succès. Sinon, c'est peut-être effectivement à toi-même que tu le dois.

CAMILLE

Peut-être ! Comment ça, « peut-être » ?

OVERLORD

Mais écoute, mon coco joli, moi je ne dis rien, je ne proteste pas, je suis ravi, au fond, je suis très fier de toi et de tes succès, j'ai une bonne place, enfin je me repose un peu, je me couche tôt, plus de réceptions, plus de voyages, en somme c'est épatant, pourquoi me cherches-tu toujours des querelles ?

CAMILLE

Je veux savoir à quoi rime ce peut-être !

OVERLORD, *gêné*

Mais je ne sais plus, ça m'a échappé… mettons que je n'ai rien dit…

CAMILLE

Vas-tu répondre ?

OVERLORD

Mais je n'ai rien à répondre, ça n'avait aucune signification.

CAMILLE, *froide*

Si tu ne me réponds pas, tu peux t'en aller.

OVERLORD

Quoi ?

CAMILLE

Je te mets à la porte.

OVERLORD

Mais tu es impossible, ma cocotte !

CAMILLE

Je ne suis pas ta cocotte.

OVERLORD

Bon. Eh bien puisque tu veux savoir ce que je voulais dire, je vais te le dire. Je trouve que tu es un peu ingrate envers Dick.

CAMILLE

Envers Dick ?

OVERLORD

Ma foi oui. C'est lui qui t'a fait ce que tu es. Et entre nous, je trouve qu'il a trop bien réussi. Mais tu ne devrais pas être ingrate.

CAMILLE

Je ne devrais pas être ingrate ? Mais tu es complètement idiot !

OVERLORD

Écoute, Camille…

CAMILLE

Tu sais comment on m'appelle ?

OVERLORD

Oui, et ça ne m'enchante pas. La reine des garces.

CAMILLE

La reine des garces, parfaitement. Et ça ne fait pas partie de mes fonctions d'être ingrate si je suis une garce ?

OVERLORD

De tes fonctions officielles.

CAMILLE

Une reine n'a pas de vie privée…

OVERLORD

C'est ce que je regrette. Mais si tu es ce que tu es, c'est à Dick que tu le dois.

CAMILLE

Il a été payé pour son travail.

OVERLORD

Oh ! Camille !…

CAMILLE

Quoi, oh Camille ?

OVERLORD

Oh, rien, mais enfin…

CAMILLE

D'ailleurs, je n'ai plus besoin de Dick.

OVERLORD

Tu as rendez-vous avec lui à onze heures et demie.

(Il regarde le bloc.)

CAMILLE

Oui. Il s'en va.

(Elle regarde sa montre.)

Il est en retard de trois minutes.

(Coup à la porte.)

Entrez.

(À Overlord.)

Le voilà.

OVERLORD

Ah, Camille, tu m'effraies.

Scène 5

LES UNS, plus DICK

(Tenue du 1er acte.)

DICK

Bonjour, Camille. Bonjour, monsieur Mauser.

OVERLORD

Bonjour, Dick.

CAMILLE

Asseyez-vous.

(À son père :)

Veux-tu nous laisser une minute.

OVERLORD

Vous laisser ?

(Il comprend.)

Bon ! Bon ! Naturellement

(Il se lève et sort.)

Scène 6

DICK, CAMILLE

DICK

C'est gentil à vous de me recevoir… je sais que vous êtes très occupée…

CAMILLE

Je suis assez occupée, en effet.

DICK

Mais je voulais tout de même vous dire au revoir.

CAMILLE, *perd un peu de son assurance*

C'est vrai… vous vous en allez.

DICK

Je n'ai plus l'impression que vous ayez grand besoin de mes services.

(Avec effort.)

Vous vous débrouillez assez bien toute seule, maintenant…

CAMILLE

J'ai profité de vos conseils et j'ai tâché de retenir vos leçons…

DICK

Oui… vous avez bien assimilé la théorie…

CAMILLE

Je vous remercie… Je suis très heureuse maintenant.

DICK

Tout à fait heureuse ?

CAMILLE

Que me faut-il de plus ? Je suis vengée de Carole Martin, je suis débarrassée de Gaston, mon père a été puni de sa négligence à mon égard, et je suis riche et célèbre… Que puis-je désirer de mieux ?

DICK

Je ne sais pas.

CAMILLE

Moi, je sais très bien à quoi vous pensez… Mais dites-le donc… mettez-vous à rouler des yeux blancs, prenez-moi la main, et dites : l'Amour… et ouvrez bien la bouche pour qu'on voie que c'est l'Amour avec un grand A ! C'est ça que je devrais désirer, l'Amour ! Mon fiancé me trompe à une heure du mariage, il bouleverse ma vie et il me faudrait de l'Amour ! Mon père passe son existence dans les cocktails et les réceptions en laissant n'importe qui s'occuper de moi, et il me faudrait de l'Amour ! Mais vous êtes enragés, tous !

DICK

Votre marraine n'a-t-elle pas toujours été dévouée ? Votre père était seul, Camille, et il faut vivre et gagner sa vie. Et votre fiancé a des excuses. En outre, c'est vous qui l'aviez choisi… Admettons ses torts. Mais moi-même ? Me suis-je mal conduit avec vous ? Ai-je trahi votre confiance ?

CAMILLE

J'ai suivi vos conseils, Dick ?

DICK

Mais je vous les ai donnés parce qu'à ce moment-là, vous étiez blessée, vous souffriez. Il fallait un remède énergique, le coup était dur…

CAMILLE

Il était trop dur, Dick… On se remet d'un coup comme celui-là mais on s'habitue à la drogue. Je ne peux plus croire à grand-chose.

DICK

Camille, ne croyez-vous pas que je vous aime ?

CAMILLE

Je vous entends comme si vous parliez derrière une porte… Une porte fermée. Je vous entends, mais nous sommes dans deux mondes différents… chacun d'un côté de la porte. J'ai fermé mon cœur, Dick. C'est vous qui m'avez fourni la serrure.

DICK

Mais je ne vous demande que la clé… gardez la serrure, Camille…

CAMILLE

Je garde aussi la clé, Dick.

(Elle est émue.)

Et ne parlez pas comme ça.

(Elle se ressaisit.)

On se croirait dans une quincaillerie…

DICK

Donnez-moi la clé, Camille.

(Il s'approche d'elle et s'agenouille.)

Camille…

(Musique.)

CAMILLE

J'ai jeté la clé, Dick.

DICK

Vous avez bien gardé un petit passe-partout ?

(Elle fait signe que non.)

Un tout petit…

(Même jeu – Alors…)

DICK

J'ai-z-une bien-aimée
Qui son cœur a fermé
Avec une serrure
Si épaisse et si dure
Si bardée de ferrure
Que je n'y puis entrer

CAMILLE

Monsieur mon soupirant
Assez de boniments
Mon cœur est bien tranquille
Mon cœur est bien docile
Il n'est pas si facile
De se glisser dedans

DICK

J'ai-z-été demander
Monsieur le serrurier
Ouvrez-moi-z-en la porte
Que son amour en sorte
Mais la porte est si forte
Que je n'y puis entrer

CAMILLE

Ne m'importunez pas
Éloignez-vous de là
Mon amour s'y repose
Rêvant à mille choses
Dans son petit lit rose
Et je n'ouvrirai pas

DICK

J'ai-z-été demander
Au sergent du quartier
Envoyez-moi des gardes
Avec des hallebardes
Des mousquets des bombardes
Mais je n'y pu-z-entrer

CAMILLE

Mon cœur en a tant vu
Qu'il en est devenu
Plus dur que cette pierre
Plus mort qu'au cimetière
À toutes vos prières
Je ne répondrai plus

DUO

DICK		CAMILLE
Il n'y a plus d'espoir		Il n'y a plus d'espoir
Rien ne peut l'émouvoir		Rien ne peut m'émouvoir
Que je rie que je pleure		Que tu ries, que tu pleures
Que je vive ou je meure		Que tu vives ou tu meures
Quittons-nous donc sur l'heure	} bis	Quittons-nous donc sur l'heure
Pour ne plus nous revoir		Pour ne plus nous revoir

(Fin de la musique.)

CAMILLE

Je m'en vais, Dick. Adieu.

DICK

Mais où, Camille ?

CAMILLE

Je pars tout à l'heure avec ma marraine pour une tournée de conférences en Amérique. Adieu. Je n'ai pas le courage de revoir mon père. Expliquez-lui.

DICK

Mais Camille…

CAMILLE

Dick, pas un mot de plus.

(Elle se redresse.)

Dick, grâce à vous, je suis devenue quelqu'un. Je sais ce que je vous dois. Il se trouve, malheureusement, que ce quelqu'un que je suis devenue a une réputation à soutenir. Être la reine des garces, Dick, ce n'est pas une sinécure. Croyez-moi.

DICK

Je vous crois, Camille… Mais vous n'êtes pas forcée de le rester… C'était une cure temporaire.

CAMILLE

Dick, la cure n'est pas terminée. Je suis encore la reine des garces… et je vous le prouverai… Je suis fière de mon professeur…

(Il se lève.)

Venez.

(Elle est tendre.)

DICK

Camille… ma petite Camille…

CAMILLE

Adieu, mon petit Dick…

(Elle s'approche comme pour l'embrasser, l'embrasse et, immédiatement après, le calotte, éclate de rire et file.)

DICK, *seul*

Oh ! La garce !

Scène 7

(Entre Overlord.)

OVERLORD

Ah, ça, le fait est !

DICK

Oh ! Vous avez entendu !

OVERLORD

Oui… j'écoutais négligemment à la porte.

DICK

Vous avez du culot !

OVERLORD

Oh, non, je suis curieux, simplement…

DICK

Ah, moi je suis assis, alors ! Positivement !

OVERLORD

C'est suffocant.

DICK

Mais que faire ?

OVERLORD

Rien.

DICK

Ah, ça, je ne vais tout de même pas encaisser ça comme ça !

OVERLORD

J'espère que non ! Un peu d'énergie, allons !

(Il se laisse choir dans un fauteuil.)

DICK

Vous en parlez à votre aise !

OVERLORD

Oh, moi, vous savez, je ne me frappe pas !

DICK

Eh ben vous avez tort. D'ailleurs, tout ce qui arrive est de votre faute.

OVERLORD

Par exemple !

DICK

Parfaitement. Vous vous êtes effacé devant votre fille comme un gamin.

OVERLORD

Oh, vous n'êtes pas affectueux…

DICK

Ça a contribué à la rendre sûre d'elle, hautaine et autoritaire, c'était fatal !

OVERLORD

Et qu'est-ce que j'aurais dû faire ?

DICK

Eh bien, vous défendre, que diable !

OVERLORD

Ah !

DICK

Enfin, vous n'êtes pas le grand Overlord Mauser ?

OVERLORD

Si !

DICK

Et vous vous laissez dépouiller de votre réputation par une gamine.

OVERLORD

Oui… mais c'est ma fille…

DICK

Tout de même ! C'est vexant !

OVERLORD

Ah, là là, que c'est embêtant tout ça !…

DICK

Enfin ! c'est une honte ! Et vos adeptes ! Vos fanatiques !

OVERLORD

Mais mon régime est une cochonnerie atroce, écoutez !

DICK

Naturellement ! C'est ce qui en fait l'intérêt ! Suivre votre régime, c'est une ascèse !

OVERLORD

Une ascèse ?

DICK

Et vous êtes un ascète !

OVERLORD

Eh bien, ça ne me surprendrait pas…

DICK

Peu importe le détail du régime ! Ce qui compte, c'est la difficulté de le suivre ! Toute sa valeur vient de là !

OVERLORD

Mais entre nous, je préfère de beaucoup celui de Camille…

DICK

Allons, c'est une plaisanterie. D'ailleurs, elle n'a rien inventé, tandis que le vôtre était une trouvaille !

OVERLORD

Oh ! Vous savez ! C'était bien simple !…

DICK

C'était génial !

OVERLORD

Oui, bien sûr…

DICK

D'ailleurs, je me demande comment vous y avez pensé !

OVERLORD

Oh, ça vient tout seul… d'ailleurs à partir du moment où un régime a du succès, on est forcé de le simplifier, parce qu'on est invité à tellement de cocktails qu'on ne peut plus manger tellement on boit…

DICK

Ah, c'est comme ça que vous l'avez trouvé ?

OVERLORD

Oui… remarquez que ma fille a pris le système inverse : on mange tellement qu'on ne peut plus boire…

DICK

Oui… eh bien le vôtre est plus pur.

OVERLORD

Ah, ça… il a une certaine pureté.

DICK

Écoutez, voulez-vous redevenir ce que vous étiez ?

OVERLORD

Oh, moi je veux bien, vous savez.

DICK

Prenez-moi comme secrétaire.

OVERLORD

Mais je ne peux pas vous payer, je n'ai plus un sou.

DICK

Écrivez un livre.

OVERLORD

Ah… oui, c'est une idée.

DICK

Mais un peu d'énergie, que diable !

OVERLORD

Attendez, on va en prendre.

(Il va à son bureau, tire une bouteille de son tiroir.)

J'ai là un excellent cordial !

DICK

Parfait. Au travail.

OVERLORD

C'est ça.

DICK

Que diriez-vous d'une nouvelle formule : l'alimentation chromo-sympathique ?

OVERLORD

Ah… ça me paraît bien…

DICK

Naturellement, on abandonne les cinq aliments magiques.

OVERLORD, *boit*

À la poubelle !

DICK, *boit*

Nous allons bâtir un monument impérissable sur les ruines de l'ancien régime !

OVERLORD

Bravo !

(Il boit.)

DICK

Nous serons riches, adulés, célèbres !

OVERLORD

Dès la semaine prochaine.

DICK

Téléphonez à Poulinard !

OVERLORD

Pourquoi ? On n'a qu'une bouteille, vous savez !

DICK

Pour votre contrat.

OVERLORD

Ah, oui !

(Il décroche et appelle.)

Poulinard ! Voulez-vous me faire préparer un nouveau contrat. Oui… c'est Mauser à l'appareil… Non, je n'ai pas le temps de me déranger !… que ça saute !

(Il raccroche.)

DICK

Bien ! Vous avez la manière.

OVERLORD

Ah, il ne faut pas de sentiment.

DICK

Pas de sentiment !

(Il boit.)

CHŒUR

(Musique.)

Pas de sentiment
Voilà le moment de mettre sur pied
Un nouveau régime

Pas de sentiment
C'est affaiblissant c'est pas ragoûtant
Et à quoi ça rime

Pas de sentiment
Vivons en truand, soyons exigeants,
Suivons nos envies

Pas de sentiment
Buvons un bon coup et oublions tout
Vivons notre vie

DICK

Nous laisserons notre cœur

Dans un tiroir de commode
Ce sera bien plus commode
Pour parvenir au bonheur

OVERLORD

Papillons et séducteurs
Nous butinerons les filles
Adieu, joie de la famille
Adieu, foyer si trompeur

CHŒUR

Pas de sentiment
etc.

RIDEAU

Troisième acte

PREMIER TABLEAU

DÉCOR. – *La place du village de Saint-Gigotin, du côté de la Bourgogne. À droite, une jolie petite auberge. Au fond, la mairie où on accroche une grande banderole – Bienvenue à Saint-Gigotin. À gauche, cloison de planches entourant un socle de statue voilée prête pour l'inauguration. Sur la droite, devant l'auberge, il y a des chaises et des tables et des bancs et l'auberge aura porte et fenêtres praticables.*

Scène 1

On entend les sonnailles d'un cheval, qui s'arrêtent. Voix du charretier. Il arrive, portant deux grosses valises qu'il apporte jusqu'à l'hôtel. Il est suivi de Camille et Céleste. Il pose les valises et se redresse. Camille et Céleste sont attifées et muscaradées de façon à se rendre méconnaissables. Céleste est en homme, par exemple.

CAMILLE

Merci. Combien vous doit-on ?

L'HOMME

Deux cents francs, madame.

CÉLESTE, *prend des sous*

Voilà.

L'HOMME

Merci, m'sieur dames.

(Il s'éloigne, on entendra sa voix et les sonnailles qui décroissent. Camille rabaisse son col et on la reconnaît.)

CAMILLE

Ouf ! Enfin ! J'ai eu bien peur qu'il ne me reconnaisse !

CÉLESTE

Je ne comprends pas très bien.

CAMILLE

Qu'est-ce que tu ne comprends pas, marraine ?

CÉLESTE

Je ne comprends pas pourquoi tu choisis ce patelin pour venir te cacher alors que tout le monde te connaît ici.

CAMILLE

Oui mais c'est le seul endroit que je connaisse qui soit aussi peu connu.

CÉLESTE

Il est connu, puisque tu le connais.

CAMILLE

Chut !

(Elle donne l'impression d'être épiée et de fuir quelque chose. Elle va voir à droite et à gauche.)

Non ! Ça va !

CÉLESTE

Ah ! là ! là ! Quelles vacances !

(Elle regarde l'auberge.)

Mais dis donc ! Ce n'est pas ouvert ? On se lève tard, dans ton patelin !

CAMILLE, *regarde sa montre*

Oh, ça ne va pas tarder… le père Bonenfant va sortir dans trois minutes avec sa chopine et son quignon, il va s'arrêter sur le pas de sa porte, et il va dire : Vingt dieux ! ça fait-y du bien !

CÉLESTE

Eh bien je n'attendrai pas trois minutes ; nous n'avons pas tellement d'avance.

CAMILLE

Tu crois qu'ils nous ont vues descendre du train ?

CÉLESTE

Je n'en sais rien mais plus tôt on sera rentrées, mieux ça vaudra.

(Elle va pour rentrer.)

CAMILLE

Méfie-toi ! le père Bonenfant est très ponctuel.

CÉLESTE

Je ne veux pas le savoir !

(Elle entre et ressort choquée.)

Oh ! Oh ! Camille ! Qu'est-ce que j'ai vu !

CAMILLE, *regarde sa montre*

Neuf heures moins deux... le père Bonenfant vient de dire deux mots à la servante !

CÉLESTE

Mais sur le comptoir ! Comme ça ! Oh ! C'est d'un manque de confort !

(Paraît Bonenfant qui se rajuste. Il tient le quignon et la chopine.)

BONENFANT

Excusez-moi, m'sieur dames, mais la maison n'ouvre qu'à neuf heures pétantes.

(Il regarde.)

Mais qu'est-ce que c'est que cette figure ! C'est Made...

CAMILLE, *l'arrête*

Chut ! Ne prononcez pas mon nom.

(Elle regarde.)

Monsieur Émile… nous sommes poursuivies… pouvez-vous nous cacher ?

BONENFANT

Vous cacher ? Mais où dame ?

CAMILLE

Chez vous ! Vous avez deux chambres libres ?

BONENFANT

Mais oui… mais…

CAMILLE, *regarde autour d'elle*

Alors vite ! vite ! Et surtout, que personne ne sache que nous sommes ici !

BONENFANT

Ah, ça, je suis discret !

CAMILLE

Et méfiez-vous surtout de deux hommes qui vont venir vous demander des renseignements !

BONENFANT

Ah, ça, il faudrait me dire comment ils sont.

CÉLESTE

Ce sont deux individus louches avec des petites moustaches, des épaules comme ça.

(Elle fait un geste.)

Et des chapeaux gris comme ça.

CAMILLE

Je n'ai pas le temps de vous expliquer, monsieur Émile, vite, vite…

BONENFANT

Suivez-moi…

(Il les précède, elles entrent, la porte se referme derrière elles et, deux secondes après, leurs têtes paraissent à la fenêtre. Elles tirent les volets. Juste au moment où les volets se referment apparaissent les deux individus décrits. Ils ont l'air de souffler.)

Scène 2

CARLOS, FRANCISCO, BONENFANT, MARIE

CARLOS

Madre de dios ! Que calor !

(Il est grand et basané, petite moustache, grand chapeau, Francisco est petit et large, il a une guitare en bandoulière – ils se laissent tomber sur les chaises.)

FRANCISCO

Et elles ont disparu, les bougresses !

CARLOS

Ma que jé n'en peux plous !

(Ils viennent s'asseoir, il déboucle de son aisselle un énorme revolver et le met sur la table.)

FRANCISCO

Range ta soulfateuse, hombre ! tou né va pas faire oun carton sour la mairie…

CARLOS

La calor, il est abominabilé ! C'est lourd.

FRANCISCO

Ay, quel métier, Carlos !

(Il fait quelques accords sur sa guitare.)

Quel métier…

CARLOS

Eh oui, chien de métier, toueur à gages !

FRANCISCO

Ma, si si solemen jé savais porqué il faut qu'on les descende, ces dos souris.

CARLOS

Chien de métier !

FRANCISCO

Être obligé de prendre la vie des autres pour gagner la sienne ! Madre de dios ! Qué malédicion !

(Il pleure – apparaît Marie.)

MARIE

Ces messieurs désirent ?

CARLOS

Oune bouteille do cognac ! On est tristes !

FRANCISCO, *excité*

Mira los ojitos negros ! Oh, mignonne Caraï ! Que deliciosa !

MARIE, *bête*

Deux cognacs ?

CARLOS, *taquine son revolver, très doux*

Ma qué jé té dis ouna bouteille, querida !… Anda !…

(Elle file, effrayée.)

Cette poulette, elle a les étiquettes soudées à l'autozène[1] !…

1. Elle a les oreilles bouchées à l'émeri.

FRANCISCO

Ay, que tristesa !

(Il chante – Le père Bonenfant réapparaît.)

TANGO

Qué si nous sommes tristes
C'est qué notre turbin
N'a rien de fantaisiste
Car du soir au matin
Nous marchons sur les traces
De ceux qué nous devons
Perforer leur carcasse
Pour plaire à nos patrons

Tueurs à gages
Nous pourrions tranquillement
Gagner la vie de nos enfants
En élevant des veaux, des vaches et des juments
Tueurs à gages
Si nous étions fonctionnaires
Frais, dodus et débonnaires
Nous n'aurions pas un souci sur la terre
Tueurs à gages
Nous tuons pour subsister
Sans jamais nous arrêter
Ça nous fait suer mais c'est notre métier
Tueurs à gages
Plaignez notre triste sort
Nous devons donner la mort
À des tas d'gens qui l'attendraient fort bien cent ans
[encore !

BONENFANT

Alors, comme ça, vous tuez des gens…

CARLOS

Eh, oui, caballero… avec cette seringue…

(Il tripote l'arme.)

Et pourtant, la voue dou sangre mé dégousta ! Ay ! Qué mé dégousta !

FRANCISCO

Moi, c'est simple, ça mé fait tourner dé l'œil. Alors jé laisse Carlos opérer, et jé loui joue dé la guitare… Ça lui fait penser à autre chose !

BONENFANT

Et qui voulez-vous touer ? pardon… tuer comme ça ?

CARLOS

Ah, qué dolor ! Dos très ravissantes senoras, qué vous les avez peut-être voues ? La senorita Camilla et la senora Céleste ?

BONENFANT

Hum… voyons… ma foi, non…

FRANCISCO

Ma, il faut absoloumenté qu'on les rétrouve !

(Marie apporte le cognac.)

CARLOS

Un poquito dé cognac, Francisco…

FRANCISCO

Gracias…

(Il boit.)

Virgen de la Guadalupe ! Que bibina !

(Il claque des lèvres.)

Divino !

BONENFANT

Et qu'est-ce qu'elles vous ont fait, ces dames ?

CARLOS

Qué, on ne sait pas ! I faut qu'on les toue ! C'est tout ce qu'on sait.

FRANCISCO

C'est oune question d'honor ! On a reçou les pesetas ! On fait lé boulot.

CARLOS

On né pose pas dé question… dans notre travail, la discrétion, elle est dé rigor !

(Il taquine sa sulfateuse. Marie est revenue torcher les tables, Francisco la regarde, prend sa guitare et se met à lui jouer la sérénade.)

FRANCISCO

Si tu madre te pregunta
Que si me quieres a mi
Di con la boca que no
Con el corazon que si !…

CARLOS

Ay, Francisco, laisse la nina tranquille !

(À Bonenfant :)

Il esté toujours en rout !

BONENFANT

En route ?

CARLOS

Comme lé toro !

BONENFANT

Ah ! en rut !

(À Marie :)

Rentre à l'hôtel, grande dinde, tu as sûrement du ménage à faire.

MARIE

Il a de jolis yeux…

BONENFANT

Veux-tu filer !

(Elle s'en va à regret.)

FRANCISCO

Ay, mi madre…

(Il range sa guitare.)

Carlos ! Et lé boulot !

CARLOS, *à Bonenfant*

Cés senoras elles sont dans quellé cambre ?

BONENFANT

Mais il n'y a personne dans l'hôtel, messieurs…

FRANCISCO

Né craignez rien ! On les touera sour lé lavabo… aucun dégât… mucho proprement !

BONENFANT

Mon hôtel est vide… J'attends des voyageurs pour la fête du pays, mais je n'ai pas de dames…

CARLOS

Il est vide ? Ma qué ! vous allez nous donner dos chambres… On va les attendre ici. Elles viendront sourement.

BONENFANT

Mais…

FRANCISCO

N'ayez pas peur… nous avons l'arzent por payer !

(Il prend sa guitare et se remet à chanter un refrain.)

Anque tu nos me quieras
Tengo el consuelo
De saber que tu sabes
Que yo te quiero

CARLOS

Né lé mets pas trop près de la criada !… de la nina… Et réveille-nous quand les senoras seront arrivées.

(Il taquine son engin.)

Nos chambres, senor…

BONENFANT, *hésite*

Certainement… Eh bien… par ici… suivez-moi.

FRANCISCO

Un moment ! Senor… oune nécessité ourzente…

(Il lui parle à l'oreille.)

BONENFANT

Le petit coin ! Bien sûr.

(Il lui montre un endroit derrière l'auberge. Seul avec Carlos. Ils se regardent. Moment de gêne. Bonenfant a la

main sur le cognac et on devine qu'il voudrait assommer l'autre.)

BONENFANT

Oh !

(Il lève le doigt au ciel.)

CARLOS, *regarde le doigt*

Qué ?

BONENFANT, *regarde son doigt à son tour, déçu*

Rien…

(Carlos grogne. Bonenfant cherche éperdument. Il se met à regarder fixement le sol. Carlos le regarde. Le doigt de Bonenfant suit un point par terre, mais quand il pose la main sur la bouteille, Carlos le fixe. Gêne. Enfin, Bonenfant verse un verre à Carlos et lui tend. Puis pendant qu'il boit, il l'assomme : il appelle alors :)

Marie !

(Elle arrive tout de suite.)

Marie, va appeler le monsieur du petit coin. Vite !

MARIE

Oui, monsieur Émile. Oh ! il est malade ?

BONENFANT

Un étourdissement.

(Il regarde la bouteille et en redonne un coup à Carlos. Arrive Francisco, avec sa guitare.)

Votre camarade n'est pas bien…

FRANCISCO

Madre de Dios !

(Il s'agenouille sur Carlos, Bonenfant l'assomme. Il tombe.)

BONENFANT

Ouf !

(Il s'assied, brisé, et se rince avec le cognac.)

Eh ben ! je l'ai échappé belle !

(Apparaît Dick au fond. Il a l'air affolé. Bonenfant reprend la bouteille. Dick tient un revolver à la main. Il les regarde.)

Scène 3

DICK, BONENFANT

DICK

Bon sang ! C'est bien eux !…

(À Bonenfant :)

Je n'arrive pas trop tard…

BONENFANT

Si vous êtes de leurs amis, vous arrivez trop tard ! Sinon, il n'y a pas de dégâts…

DICK

Ah ! Alors ils n'ont pas rattrapé Camille !

(Il chancelle et se retient à Bonenfant.)

Excusez-moi… je me suis tellement pressé…

(Il s'assied.)

BONENFANT

Buvez une goutte ! ça ira mieux… et puis dites-moi qui c'est…

DICK

Je vais vous dire qui je suis d'abord… c'est moi Dick, le secrétaire de monsieur Mauser… C'est moi qui vous ai écrit pour retenir les chambres… Et ces deux individus… Oh, c'est toute une histoire… Figurez-vous que Camille Mauser a lancé un régime concurrent de celui de son père…

BONENFANT

Tout le monde sait ça…

DICK

Mais par malheur pour elle, elle a fait une tournée en Amérique du Sud, et la femme de Potiron, le dictateur du Gratémoilà, a adopté son régime ; elle est devenue obèse en quinze jours, alors Potiron a été renversé et il a envoyé des tueurs à gages assassiner Camille pour se venger… heureusement, la marraine de Camille m'a averti à temps et je les ai suivis depuis leur arrivée en France, mais ils m'ont semé à la gare… J'ai laissé passer la station et j'ai dû sauter en marche avant la suivante…

BONENFANT

L'essentiel, c'est qu'ils n'aient rien pu faire…

DICK

Je ne sais comment vous remercier… Mais Camille… elle n'est pas là ?

BONENFANT

Mais non… il n'y a personne à l'hôtel… donnez-moi donc un coup de main pour transporter ça à la cave.

(Il ramasse la mitraillette.)

Quel engin !

(Avec mépris :)

Ça ne vaut pas une bonne bouteille de cognac…

DICK

Je vais vous aider à les emmener et puis vous me montrerez ma chambre… je suis crevé !…

BONENFANT

Allons-y.

(Ils transportent les deux corps inertes et disparaissent à l'intérieur. Paraissent sur la place deux hommes munis d'instruments en bandoulière – s'asseyent et tapent. La servante arrive.)

Scène 4

JULES, ADRIEN, MARIE

JULES

Bonjour, Marie. Donne-moi un café arrosé.

ADRIEN

Un café arrosé pour moi aussi

MARIE

Le temps qu'il chauffe, monsieur Jules… deux minutes…

JULES

Amène toujours l'arrosage, alors…

MARIE

Tout de suite.

(Les deux hommes déballent leurs instruments, un bugle et un saxophone avec des partitions maintenues dans de petites lyres. Marie amène les petits verres.)

ADRIEN, *à Jules*

Pendant qu'on est seuls, faut que tu m'expliques, je me trompe encore dans la treizième mesure, je ne saisis pas le rythme.

JULES

Mais si, c'est comme ça.

(Il solfie.)

Sol, sol, sol, la, mi, la, sol, la, si, ré, do !

(Il bat la mesure.)

ADRIEN, *solfie à son tour, se trompe*

Sol, sol, sol, la, si, la, sol, la, si, ré, do !

JULES

Tu y es presque.

(Marie amène deux cafés.)

Ah ! voilà le jus.

ADRIEN

Mais que font les autres ?

JULES

Ils vont arriver, le chef a dit moins le quart. On est en avance.

ADRIEN

C'est qu'on a cinq morceaux à répéter…

(Arrivent par le fond deux autres musiciens, l'un d'eux a une énorme grosse caisse et l'autre un trombone.)

Tiens, voilà François et Léon.

JULES

Le chef ne va pas tarder

(Il boit.)

Sacré pissat de mulet !

(À Bonenfant qui reparaît sur le seuil :)

Il est toujours aussi mauvais ton jus, vieux bandit !

(Les deux nouveaux s'installent.)

BONENFANT

Pourquoi que tu ne vas pas dans un autre établissement, grande andouille ?

(Ils s'esclaffent comme à quelque plaisanterie classique – Paraît, au fond, Neuneu, en sueur, vanné, chancelant sous sa valise – Il a aussi un gros bouquet à la main.)

Scène 5

JULES, NEUNEU, BONENFANT, ADRIEN, FRANÇOIS

JULES

Tiens… voilà sûrement un client pour toi.

NEUNEU, *s'approche*

Je m'excuse, messieurs, suis-je bien à Saint-Gigotin-le-Haut ?

BONENFANT

Tout juste.

NEUNEU

Ah ! Dieu soit loué !

(Il s'effondre.)

Mais pourriez-vous m'expliquer pourquoi la gare est à deux kilomètres d'ici ?

BONENFANT

Ça ! c'est un fait, elle est à deux kilomètres !

(À Jules :)

Mais tu sais pourquoi, toi ?

JULES

Ah, ça, non.

(*À Adrien :*)

Et toi ?

ADRIEN

Moi, non, je n'en sais rien.

(À François :)

Vous savez, vous deux ?

FRANÇOIS

Non.

LÉON

Moi non plus.

BONENFANT

Ben vous voyez, on ne peut pas vous expliquer.

NEUNEU

Alors c'est un mystère.

(Il hausse les épaules.)

Je n'en suis plus à un mystère près. Lequel de vous, messieurs, est le propriétaire de cette hôtellerie ?

JULES, *à Bonenfant*

I te cause.

BONENFANT

C'est moi, monsieur, à votre service.

NEUNEU

Pourriez-vous me renseigner ? Je cherche deux dames. Une blanche, et une très… bronzée. Vous ne les auriez pas vues ?

JULES

Tiens… tu caches des dames, comme ça ?

BONENFANT, *regarde Neuneu, méfiant*

Et qu'est-ce que vous leur-z-y voulez, à ces dames ?

NEUNEU

J'ai des choses extrêmement importantes à leur dire. Euh… C'est pour une question d'héritage.

BONENFANT

C'est quelqu'un qui est mort ?

NEUNEU

Euh… oui… exactement. C'est ça même.

BONENFANT

Ben si il est mort, il peut bien attendre cinq minutes de plus… C'est pas tellement pressé.

NEUNEU

Mais… euh… en fait, il ne s'agit pas exactement d'une question d'héritage ; ça serait plutôt pour un mariage.

BONENFANT

C'est pas pareil, pas les gars ?

LES AUTRES

Ah ! c'est pas du tout pareil !

NEUNEU, *s'énerve*

Mais enfin, les avez-vous vues, ces dames ?

BONENFANT

Eh ben, ma foi, il faudrait d'abord que je sache de quelles dames vous voulez parler, pas ?…

NEUNEU

Mais je vous le dis… une blanche et une noire.

BONENFANT, *désigne les autres*

Ça, c'est eux que ça regarde, c'est eux qui s'occupent de la musique !…

NEUNEU

Oh ! que c'est malin !

BONENFANT

Ah, à sept heures du matin, faut pas en demander trop. Et puis ne faites pas tant de tapage, j'ai des clients qui dorment.

NEUNEU

Mais je me moque de vos clients, je vous parle de vos clientes.

BONENFANT

Je ne m'en vais pas dévoiler l'incognito de ma clientèle à n'importe qui, pas vrai, les gars ?

JULES

Ah, dame, quand on ne connaît pas les gens, faut être prudent.

ADRIEN

Il a l'air honnête, mais au jour d'aujourd'hui, on voit un honnête homme avoir l'air d'une fripouille et dévisser Versailles.

NEUNEU, *s'emporte*

Oh ! c'est exaspérant.

(Il se calme.)

Bon. Vous voulez ma carte ?

BONENFANT

Je ne me bats pas.

NEUNEU, *patient*

Je m'appelle Gaston de Nemours et je cherche Camille Mauser. Est-elle chez vous ?

BONENFANT

Ce nom-là me dit quelque chose.

JULES

À moi aussi.

LES AUTRES

À moi aussi… à moi aussi… voyons…

ADRIEN

Est-ce qu'elle ne serait point parente d'un nommé Overlord Mauser ?

NEUNEU

Écoutez… avez-vous tous juré de me rendre idiot ?

BONENFANT

Monsieur, sachez qu'à Saint-Gigotin nous méprisons les tâches trop faciles.

NEUNEU

Mais enfin, comment connaissez-vous Overlord Mauser ?

JULES

Eh ben, on n'est plus au Moyen Âge, vous savez, on sait aussi ce qui se passe.

ADRIEN

Et puis moi, je crois que c'est lui qui veut nous faire marcher.

FRANÇOIS

Est-ce que vous seriez un agent provocateur ?

NEUNEU

Mais écoutez, messieurs... je n'y comprends plus rien !...

LÉON

C'est bien c'qu'on avait l'impression !

BONENFANT

Monsieur, ignorez-vous qu'aujourd'hui 17 juin, fête de la Saint-Gigotin, nous célébrons également l'anniversaire de la naissance du grand Overlord Mauser, citoyen de Saint-Gigotin !

NEUNEU

Comment ! Mais je croyais qu'il était américain !

BONENFANT

Ce sont là des nécessités matérielles, monsieur. Pour faire du commerce, il faut de nos jours être américain ; mais si on se contente d'être intelligent, on peut aussi bien être français.

NEUNEU

Mais alors… Camille… elle est venue pour ça… elle est réconciliée avec son père… quoi… je ne comprends plus rien.

JULES, *décisif*

Eh ben, nous non plus…

NEUNEU, *à Bonenfant*

Mais dites-moi si Camille est chez vous !

BONENFANT

Encore une fois, monsieur, je n'ai pas à vous faire entrer dans le détail de ma clientèle, qui est, j'ose le dire, de choix, ombrageuse, et farouche.

NEUNEU, *abandonne*

Oh ! quelle misère !…

BONENFANT

Marie ! apporte un petit remontant à monsieur.

(Paraît au fond un homme, avec casquette à lyre, le chef de la musique, accompagné du dernier des musiciens qui porte une brouette pleine d'uniformes.)

JULES

Ah ! V'là le chef !

(Tous déballent leurs instruments, boivent leur café.)

NEUNEU

Qu'allez-vous faire ?

ADRIEN

Ben, on va répéter. Pour l'inauguration.

NEUNEU

De quoi ?

ADRIEN, *mystérieux*

Chut ! C'est un secret.

Scène 6

LES MÊMES, plus CHEF, plus le musicien HONORÉ

LE CHEF, *barbu*

Bonjour les enfants.

LES AUTRES

Salut, chef... bonjour, chef... (etc.)

LE CHEF

Tout est prêt ? Branle-bas de combat ! Chacun à son poste ! En place pour la manœuvre !

(Il tape sur la table avec sa canne.)

Répétition du premier morceau d'ouverture ! En sol majeur !

(Il désigne Neuneu.)

Qu'est-ce que c'est que celui-là ?

NEUNEU

Mais… je n'ai rien fait… je… euh… je ne fais que passer.

BONENFANT

C'est un de mes clients, capitaine.

LE CHEF

Bon… Brrout, Broutt.

(Il toussote.)

Alors, l'équipage ? Mille sabords, un peu de nerf ! Une mesure pour rien.

(Il compte.)

Une, deux !

(Et la fanfare attaque – atroce cacophonie.)

LE CHEF

Halte ! Qui a fait un fa dièse !

LÉON

Heu… c'est moué…

LE CHEF

Qu'on mette cet homme aux fers ! Continuons !

(Personne ne sourcille et ça reprend.)

Bon ! Répétition générale en costumes. Honoré, distribue les tenues !

(Honoré, le dernier venu, leur distribue des vestes rouges et des casquettes à lyre. Tout va atrocement mal. Mais chacun semble ravi.)

En place pour la manœuvre !

(Ils se mettent debout et en rang.)

Marche sur la mairie, demi-tour à gauche, contournement du socle, et sortie vers la rue de l'Abreuvoir. À vos rangs, fixe !

(Les hommes obéissent – La fanfare s'ébranle. Le père Bonenfant et les autres les regardent passer et disparaître.)

BONENFANT

Ça a quand même de la gueule !

NEUNEU

Ah, là, là !

BONENFANT

Quoi, ah là là ? Ça ne vous plaît pas ?

NEUNEU

La barbe !

BONENFANT

La barbe ! Mais vous pourriez au moins être poli ! Voyez-moi ça, ces Parigots, ça s'amène pour embêter le monde et ça n'est même pas correct ! D'abord, vous me devez trente francs.

NEUNEU

Trente francs !

BONENFANT

Oui. Vous avez bu un marc[1]. C'est trente francs.

NEUNEU

Je n'ai pas commandé de marc.

BONENFANT

En tout cas vous l'avez bu.

NEUNEU

Je l'ai bu machinalement. Mais je ne l'avais pas commandé. Il était sur la table, je l'ai bu.

BONENFANT

Alors c'est pas la place d'un marc sur la table ?

---

1. Digestif alcoolisé.

NEUNEU

Si.

BONENFANT

Alors vous me devez trente francs.

NEUNEU

Non et non !

BONENFANT

Si et si et si !

(La fenêtre de Camille s'ouvre, elle apparaît en léger pyjama.)

CAMILLE

Alors, c'est fini, cette discussion ! Comment voulez-vous qu'on ferme l'œil si vous braillez comme ça !

BONENFANT

Excusez-moi, mais c'est ce triste individu…

(Neuneu l'interrompt.)

NEUNEU

Camille ! Camille ! Mais c'est vous ! Mon trésor, ma perle fine ! Depuis six mois je vous suis à travers le monde. Ça m'a coûté sept cent trente-cinq mille francs !

BONENFANT

Et il refuse de payer son marc ! Trente francs ! Un cadeau !

NEUNEU

Non !

BONENFANT

Si !

NEUNEU

Non !

CAMILLE

Ah ! Ça ne va pas recommencer !

(À Bonenfant :)

Comment pouvez-vous recevoir des gens pareils ?

NEUNEU

Camille ! Laissez-moi vous admirer… à genoux ! Camille !… J'ai cueilli pour vous ces fleurs sauvages des montagnes.

(Il lui tend le carton transparent d'orchidées.)

Camille !

(Il monte sur le banc.)

Ah ! mon amour !

CAMILLE

Taisez-vous crétin.

(À Bonenfant :)

Monsieur Émile, pourriez-vous me débarrasser de cet individu, que je puisse enfin dormir ?

BONENFANT

J'ai bien essayé mademoiselle Mauser, mais ce type est collant comme un fond de chartreuse.

(Il tire Neuneu vers le bas par la ceinture, Neuneu s'accroche.)

NEUNEU

Camille ! Camille !

(La fenêtre se ferme.)

Lâchez-moi, aubergiste borné, brute sans entrailles !

(Son pantalon cède.)

Oh ! ma culotte !

(Juste à ce moment apparaît Overlord.)

Scène 7

NEUNEU, BONENFANT, OVERLORD, DICK

NEUNEU

Rendez-moi ma culotte !

OVERLORD

Oh ! ça, c'est extraordinaire ! Ou plutôt non, c'est parfaitement normal.

NEUNEU, *il se retourne*

Bôpapa !

OVERLORD

Neuneu, je vous avais intimé l'ordre de ne recourir en aucun cas à l'usage de cette affectueuse épithète.

BONENFANT

Cette grande saucisse me donne un tintouin !

OVERLORD

Monsieur Émile, malgré l'étrangeté des circonstances qui a fait qu'en premier lieu j'ai aperçu le caleçon de mon ex-gendre, je suis heureux de voir en second lieu votre figure sympathique.

BONENFANT

C'est bien de l'honneur pour le village, monsieur Mauser ! Et tout le monde se prépare pour la cérémonie !

OVERLORD

Monsieur Émile, je suis fier d'être un citoyen de Saint-Gigotin.

(Neuneu, pendant ce temps, s'est reculotté.)

Ah ! vous vous êtes décidé à vous rhabiller !

NEUNEU

Oh ! C'est scandaleux !

OVERLORD

Monsieur Émile, ne vous inquiétez pas, ce jeune homme se déculotte volontiers mais il ne va pas plus loin.

NEUNEU

Je suis victime de circonstances et de mon amour pour Camille.

OVERLORD

Au fait, peut-on vous demander des nouvelles de Carole Martin ?

NEUNEU

Je n'en ai point, monsieur.

OVERLORD

C'est étrange.

NEUNEU

Je ne vois pas en quoi, monsieur.

OVERLORD

N'annonçait-on pas votre mariage dans *Le Figaro* d'hier ?

NEUNEU

Quoi !

OVERLORD

Tenez, je l'ai là… lisez !

(Neuneu parcourt en marmottant.)

NEUNEU

Quoi ! Elle sait que je suis en France ! Elle m'aurait donc pisté ! Mais alors, je suis fichu !

(Il se précipite au cou d'Overlord.)

Bôpapa, cachez-moi ! cachez-moi ! Elle va me tuer, me vider, me violer, m'anéantir ! Cachez-moi !

OVERLORD

Neuneu, vous faites montre d'une obstination dans votre entêtement à me tenir pour votre beau-père qui n'a d'égale que votre instance à exhiber vos dessous en public. Encore une fois, je vous le répète : inutile d'attendre de moi quoi que ce soit qui puisse nuire, de près ou de loin, à Carole Martin.

NEUNEU, *à Bonenfant*

Monsieur l'hôtelier… donnez-moi une chambre… Vous n'avez pas une pièce secrète ? une cave ? une oubliette ? Donnez-moi une oubliette !

BONENFANT

Qu'est-ce que je fais, monsieur Mauser ?

OVERLORD

Ah, débarrassez-moi de cet être pesant ! Il y a bien une cave à charbon, ici !

NEUNEU

Ah ! non, pas une cave à charbon !

OVERLORD

Ou une cave à bois ?

NEUNEU

Pourquoi pas une cave à vin, quand même ?

BONENFANT

C'est l'ennui… il y a du vin dans toutes mes caves… Je pourrais le mettre dans la buanderie… il n'y a que les lapins.

NEUNEU

Je déteste les lapins.

OVERLORD

Émile, je vous laisse carte blanche… mais faites disparaître Neuneu.

BONENFANT

Je vais quand même le mettre dans une cave.

(À Neuneu :)

Vous préférez le blanc ou le rouge ?

NEUNEU

Le blanc. Le rouge, ça râpe.

BONENFANT

Eh ben je vais vous mettre dans celle du rouge, ça limitera les dégâts.

(À Overlord :)

Et il ne risquera point d'importuner les clients.

OVERLORD

Vous avez beaucoup de monde ?

BONENFANT, *évasif*

Dame… La Saint-Gigotin, ça attire pas mal de gens.

(À Neuneu :)

Par ici, monsieur.

NEUNEU

Vite ! Vite !

(Il regarde derrière lui.)

La porte est solide ?

BONENFANT

Ça vous pouvez dormir tranquille.

NEUNEU

Il n'y a pas de rats, au moins ?

BONENFANT

Ah, un grand gaillard comme vous, vous n'allez pas avoir peur de ces petites bêtes !…

(Il appelle :)

Marie !

(La bonne arrive.)

MARIE

Oui, m'sieur Émile.

BONENFANT

Mène monsieur à la deuxième cave !

MARIE, *mi-voix*

À la deuxième cave ? Celle des rats ? Mais il y a déjà deux messieurs !

BONENFANT

Fais ce que je te dis !

OVERLORD

Et surveillez vos jupes, mon enfant, car ce gentilhomme a la main leste !

NEUNEU

Oh ! Beaupa… pardon… pourquoi multipliez-vous les vexations ?

OVERLORD

Mais je vous flattais, Neuneu…

(Il file avec Marie.)

Eh bien, mon cher Émile.

(Il s'étire.)

Montrez-moi mon repaire que je puisse procéder à la toilette des voyageurs. Mon secrétaire a dû arriver ?

BONENFANT

Il est là-haut… Suivez-moi, monsieur Mauser…

(Ils vont entrer, mais la fanfare revient sur la place qu'elle traverse bruyamment pour disparaître de l'autre côté. Overlord la regarde. Des gars avec des guirlandes et lampions commenceront en même temps à décorer la mairie d'un calicot : VIVE OVERLORD MAUSER.)

OVERLORD

Oh ! C'est magnifique !

BONENFANT

Dame, c'est bien le moins…

(La fenêtre de Camille s'ouvre brusquement.)

Scène 8

CAMILLE, OVERLORD, BONENFANT

CAMILLE

Décidément, je crois qu'il vaut mieux ne pas essayer de dormir ici.

OVERLORD

Tiens ! Tiens ! Qui vois-je ici paraître !

CAMILLE

Papa !

OVERLORD

Veux-tu venir m'embrasser tout de suite !

CAMILLE

Oh ! Mais comment es-tu là ?

OVERLORD

Veux-tu venir m'embrasser tout de suite !

(Elle enjambe la fenêtre et descend en pyjama sur le banc le long du mur et se jette dans ses bras.)

CAMILLE

Oh ! Ce que je suis contente !

(Subitement se rappelle les tueurs.)

Cache-toi ! Ils me cherchent ! Ils vont te tuer aussi… Viens vite !

BONENFANT

Ne vous inquiétez pas ! Tout est réglé ! On s'en est occupé !

(Il s'éloigne discrètement.)

CAMILLE

Tu es au courant ?

OVERLORD

J'ai un excellent secrétaire. D'ailleurs tu le connais.

CAMILLE

Ne me parle pas de Dick.

OVERLORD

Et pourquoi ?

CAMILLE

Parce que depuis que tu me l'as pris, rien ne marche plus…

OVERLORD

Depuis que je te l'ai pris ! Mais tu as un toupet ! C'est toi qui l'as laissé tomber comme un malpropre !

CAMILLE

Je te défends de dire que c'est un malpropre !

OVERLORD

Je n'ai rien dit de pareil !

CAMILLE

Si.

OVERLORD

Oh ! Quel culot !

CAMILLE

D'ailleurs, tu lui en as toujours voulu parce que mon régime marchait mieux que le tien !

OVERLORD

Oh ! Oh !

CAMILLE

Et puis sans lui, tu n'es plus bon à rien…

OVERLORD

Je ne suis bon à rien !

CAMILLE

À rien !

OVERLORD

On va voir !

(Il l'empoigne.)

Arrive ici !

CAMILLE

Quoi ! Lâche-moi ! Lâche-moi ! Oh ! Overlord Mauser ! Voulez-vous lâcher votre fille !

OVERLORD

Je suis encore bon à te donner une fessée, en tout cas !

(Il la couche sur ses genoux et va la fesser vigoureusement, mais elle se met à chanter.)

(Musique.)

CAMILLE

Papa
Papa
Papa, ne me fesse pas !
Papa, je serai sage
Sage comme une image
Papa
Papa
Papa, ne me fesse pas !

Je serai très gentille
Je ne grognerai plus
La meilleure des filles
Modèle des vertus
J'honorerai mon père
Et je saurai enfin
Ce qu'il ne faut pas faire
Et ce qui est très bien.

OVERLORD

Mangeras-tu ta soupe
Sans te faire prier
Dormiras-tu tranquille
Le nez sur l'oreiller
Le matin au réveil
Te lav'ras-tu les dents
Les mains et les oreilles
Sans brailler tout le temps ?

CAMILLE

Papa
Papa

Papa, ne me fesse pas !
Papa, je serai sage
Sage comme une image
Papa
Papa
Papa, ne me fesse pas !

OVERLORD

Après m'avoir traité
Comme un vieux cornichon
Tu m'as laissé tomber
Pour vivre à ta façon !
Tu voulais devenir
Une garce de choix
Je devrais te punir
Sévèrement, je crois !

CAMILLE

Papa
Papa
Papa, ne me fesse pas !
Oui la reine des garces
Ce n'était qu'une farce
Papa
Papa
Papa, ne me fesse pas !

(Fin de la musique.)

OVERLORD

Bon, bon, je ne te fesse pas !

CAMILLE

Merci, papa chéri, je t'adore !

(Elle l'embrasse.)

OVERLORD

D'ailleurs, c'est absolument inutile, ton mari s'en chargera plus tard !

CAMILLE

Mon mari ? Quel mari ?

OVERLORD

Tu te marieras bien un jour, non ?

CAMILLE

Moi ? Ah ! non, alors ! Jamais de la vie !

OVERLORD

Camille !

CAMILLE

Tu vas recommencer à vouloir me marier ! C'est une manie !

OVERLORD

Camille ! Tu viens de promettre d'être sage !

CAMILLE

C'est pas vrai !

OVERLORD

Oh !

(Il l'empoigne et la fesse.)

Tu l'as cherché. Tiens ! Tiens ! petit chameau !

CAMILLE, *se redresse*

Ah ! Je me sens mieux !

(Elle se frotte les fesses.)

Tu as tapé fort ! Mais tu as bien fait, sans ça, je t'aurais encore manqué de respect !

OVERLORD, *les bras au ciel*

Oh ! C'est un cas désespérant !

(Bonenfant revient.)

Qu'est-ce que vous feriez, vous, avec une fille comme ça ?

BONENFANT, *lubrique*

M'sieur Mauser, ne me posez pas de ces questions-là… Je sais bien ce que j'en ferais…

OVERLORD

Mais non… si c'était votre fille.

BONENFANT, *déçu*

Oh, alors je la marierais… mais c'est dommage…

CAMILLE

Je ne veux pas me marier ! Je ne veux pas me marier ! Papa ! Papa ! Je veux rester avec toi !

(La fenêtre de Dick s'ouvre et il apparaît en pyjama, terrifiant.)

Scène 9

CAMILLE, DICK, OVERLORD, DUCHÊNE, CÉLESTE, NEUNEU, CAROLE

DICK

Décidément, c'est impossible de dormir ici ! Quel raffut !

(Il se frotte les yeux.)

CAMILLE

Vous n'allez qu'à aller ailleurs !

DICK

Camille ! Oh ! Ça alors ! C'est un miracle ! Je pensais justement à vous !

(Les deux hommes se retirent discrètement.)

CAMILLE

Eh bien ça ne doit pas vous arriver souvent, pour que vous appeliez ça un miracle !

DICK

Oh ! Camille ! vous êtes toujours méchante.

CAMILLE

Avouez qu'il n'y a pas de quoi se réjouir ! Je fais dix mille kilomètres, des conférences harassantes, je réussis à échapper à deux horribles tueurs, j'arrive dans mon village natal ; d'abord on me casse les oreilles avec un bruit infernal, ensuite, cet imbécile de Neuneu essaie d'escalader ma fenêtre ; après quoi mon père me flanque une fessée…

DICK

Et enfin, le bouquet ; je suis là et vous n'avez pas envie de me voir.

CAMILLE, *franche*

Si… ça me fait plaisir.

DICK

Oh ! c'est vrai, Camille ? Ce n'est pas possible !…

CAMILLE

C'est vrai… j'ai pensé à vous aussi.

DICK

Ne me dites pas ce que vous avez pensé… J'aime mieux garder mes illusions…

CAMILLE

Oh… c'était des choses très gentilles…

DICK, *ému*

Camille !…

(Il se penche.)

CAMILLE

Ne vous penchez pas comme ça ! Vous allez tomber.

DICK

Ça vous ennuierait ?

CAMILLE

Oui.

DICK

Camille ! Mais, Camille, qu'est-ce qui vous est arrivé ?

CAMILLE

Je vous le dis… j'ai pensé à vous…

(Musique – C'est une valse.)

CAMILLE

[REFRAIN]
J'ai pensé à vous
Le long du chemin
Que je viens de faire
J'ai pensé à vous
Ni comme un copain
Ni comme un grand frère
Le long du chemin
Pour revoir vos yeux
J'ai fermé les miens
Seule et loin de tout

O mon amoureux
J'ai pensé à vous

DICK

[COUPLET]
J'avais accepté ma défaite
Je croyais mon bonheur perdu
Pourtant vous voici revenue
Et mon cœur chante un air de fête
Je ne savais où vous étiez
Je me perdais en conjonctures
Je souffrais de notre rupture
Je regrettais notre amitié

J'ai pensé à vous
Le long du chemin
Que je viens de faire
J'ai pensé à vous
Ni comme un copain
Ni comme un grand frère
Le long du chemin
Pour revoir vos yeux
J'ai fermé les miens
Seul et loin de tout
Comme un amoureux
J'ai pensé à vous

CAMILLE

J'ai dû vous paraître méchante
Je suis partie sans vous revoir
Mais j'avais perdu tout espoir

De redevenir insouciante
Maintenant je sais que mon cœur
Pourra recommencer à vivre
Et je me grise et je m'enivre
De nouveau je crois au bonheur

DUO

J'ai pensé à vous
etc.

(À la fin du duo, la fanfare est revenue sur la place et sitôt qu'ils ont fini, la fanfare attaque sur un temps joyeux de valse. Dick regarde Camille.)

CAMILLE

Descendez, Dick !

(Il sort de la maison en courant et ils se mettent à valser au milieu de la place du village. Overlord et Céleste se mettent à la fenêtre. Le père Bonenfant appelle Marie, et valse aussi, maladroitement. Overlord et Céleste mettent le nez à la fenêtre, et se reconnaissent, et se congratulent à la fenêtre. Overlord descend, la musique s'arrête.)

OVERLORD

Hé bien ! Tu vas tout de même venir embrasser ton cher père !

(Camille se jette à son cou.)

CAMILLE

Tu as gagné, grand idiot !

OVERLORD

Camille ! et le respect !

(Il tape dans ses mains.)

Émile ! à boire pour tout ce monde-là ! C'est moi qui rince !

(Apparaît le maire à la mairie. Il a son écharpe et arrive, suivi d'un appariteur. Émile et Marie s'affairent, amènent des bouteilles et des verres.)

DICK

Voilà monsieur le maire !

OVERLORD

Ah ! ce brave Duchêne !

(Il se lève et va à sa rencontre.)

Tu as encore engraissé, espèce de gros lard !

DUCHÊNE

Et toi, sagouin, tu crois que ton fameux régime te réussit !

(Ils se tapent sur le ventre.)

Enfin, c'est gentil d'être venu ! T'as flairé le banquet !

OVERLORD

Ah, malin filou ! Tu as bien la bonne place, toi, hein !

DUCHÊNE

Ça ne va pas mal !

(Ils s'installent, présentation de Dick.)

OVERLORD

Mon secrétaire, Dick… c'est toi qui le marieras, mon vieux Duchêne…

DUCHÊNE

Ah oui ?

OVERLORD

Eh oui… c'est le fiancé de ma fille…

(Duchêne embrasse Camille – Dick et Camille se regardent.)

DUCHÊNE, *la tripote un peu*

Eh bien ! Je me disais aussi, belle comme elle est devenue, elle va point rester longtemps vieille fille.

(Céleste descend, fumant un gros cigare – Camille rit et se dégage.)

OVERLORD

Et voilà Céleste, sa marraine… une vieille amie.

CÉLESTE

Appelez-moi Dupont, j'ai horreur de mon prénom.

(Elle lui serre la main.)

DUCHÊNE

Eh ben !

(À Overlord :)

Elle est bien avenante ! Mais quelle poigne !

CÉLESTE

Un verre pour moi, patron !

OVERLORD

Alors, cette cérémonie, dis-moi, ça va durer longtemps ?

DUCHÊNE

Ah, mais non ! T'en fais pas… le temps d'inaugurer ce machin-là, dix minutes autant dire ! Et on passe à table !

OVERLORD

Mais qu'est-ce que c'est ?

DUCHÊNE

Oh, c'est rien que la statue d'un type pas bien intéressant ! Enfin, y aura les enfants des écoles, l'inspecteur d'Académie, la musique ; mais ne t'inquiète pas… on doit passer à table à dix heures et demie !

CAMILLE

Dix heures du soir ?

DUCHÊNE

Eh ! pas de blague ! Dix heures et demie du matin !

DICK

Mais alors… il faut qu'on aille s'habiller. Viens Camille !

(Camille et lui filent dans l'hôtel et redescendront très vite. On entend la voix avinée de Neuneu entonner une chanson à boire – Accourt un gamin qui va trouver le chef de la fanfare.)

GAMIN

M'sieur le chef ! m'sieur le chef ! L'inspecteur est là !

(Les musiciens se lèvent et s'ébranlent.)

CHEF

À vos rangs ! fixe ! Tête droite !

(Les musiciens se rangent, la tête vers Overlord.)

Pare à virer le cabestan ! En avant… Arche !

(Ils démarrent – On entend la chanson de plus en plus fort – C'est Neuneu dont la tête paraît au soupirail – Il braille de façon abominable.)

NEUNEU

C'est à boire à boire à boire
C'est à boire qu'il nous faut
Et heûps !

(Il a des hoquets affreux.)

CAMILLE, *de sa fenêtre où elle se change*

Oh ! encore cet individu !

NEUNEU

Vive le vin de Bourgogne ! Tous les rats sont morts ! Je les ai noyés ! Voilà les cadavres !

(Il lance quelques bouteilles vides.)

BONENFANT

Mâtin ! Mais il a bu tout ça !

NEUNEU

Camille ! Carole ! Carole ! Camille ! Camille ! Carole !

J'en boirai cinq à six bouteilles
Une femme sur les genoux !

Carole ! Ma chérie !... Qu'on m'envoie Carole ! Je n'ai plus peur d'elle ! Heups !

BONENFANT

Je vais lui ouvrir... il va tout casser !

(Il y va.)

OVERLORD

Il est saoul comme un Polonais.

DICK, *redescendu*

Oui mais pour une fois, ça a l'air de le rendre gai !

(Revient le gamin.)

GAMIN

M'sieur le maire ! m'sieur le maire ! On a besoin de vous !

DUCHÊNE

Excusez-moi, mes amis ! Mes fonctions officielles !

(Il se lève et va avec l'appariteur.)

À tout à l'heure !

(Paraît Neuneu, fin saoul, avec bouteille et bras passé autour du cou de Bonenfant.)

NEUNEU

J'ai perdu mes complexes !...

(Paraît Carole avec une petite valise. Elle regarde la banderole et avance d'un pas décidé vers le café.)

OVERLORD

Oh ! Ça va se gâter !

CAROLE

Gaston de Nemours ! Où avez-vous la tête !

NEUNEU

J'ai plusieurs têtes, madame ! La preuve c'est que je vois triple !

(Il la reconnaît.)

Carole ! Mon amour !

CAROLE

Mais on vous a fait boire ! Oh ! C'est indigne.

NEUNEU

J'ai bu de mon plein gré et de mon propre chef ! Carole, je vous aime !

CAROLE

Vous avez de l'aplomb ! Ivrogne ! Regardez-vous ! Me dire ça dans cet état !

OVERLORD

Moi, je le trouve assez en forme !

NEUNEU

Carole, assez d'insultes ! Je vous aime ! Venez dans mes bras !

CAROLE

Répugnant personnage ! Et dire que j'ai couru après cette loque !

(Il s'approche, l'empoigne – Long baiser – Expression admiratrice des autres. Finalement elle sort de l'étreinte à demi évanouie, pantelante.)

CAROLE

Neuneu ! Mon chéri ! mon roi ! je cirerai vos chaussures ! je brosserai vos habits… Gardez-moi près de vous… Embrasse-moi encore ! C'était bon !

NEUNEU, *s'assied avec Carole sur ses genoux*

À boire !

J'en boirai quinze à vingt bouteilles
Une femme sur mes genoux

(À Camille et Dick :)

À votre santé, mes chéris, et sans rancune !

(Tous trinquent, la fanfare redémarre bruyamment.)

(À Bonenfant :)

Au fait, j'ai assommé deux types là-dedans… je ne sais pas qui c'est… Tenez…

(Il déboucle l'énorme revolver.)

TOUS

Les voilà ! Les voilà !

(Le maire arrive à la tête du cortège, trois fillettes en robe rose et fleurs, assez ridicules, couronnes d'épis, l'ins-

pecteur, l'appariteur et tous les figurants qu'on pourra trouver. Défilé, arrêt sur la petite estrade. Roulement de tambour.)

DUCHÊNE

Monsieur l'inspecteur d'académie, monsieur Overlord Mauser… Oui, toi, gros ballot… Mesdames… Mesdemoiselles… Messieurs !… En ce jour de la Saint-Gigotin, c'est avec une émotion considérable que j'accueille parmi nous le citoyen le plus glorieux de cette ville qui est notre petite patrie, notre patricule si j'ose dire…

TOUS

Vive monsieur le maire !

DUCHÊNE

J'ai nommé le grand Overlord Mauser que vous avez tous connu lorsqu'il s'appelait encore Jean Martin et qu'il vendait du tilleul et des graines de pissenlit dans son herboristerie de la Grande Rue, et qu'il foutait la colique à tout le village avec ses affreux mélanges alors qu'il préférait boire lui-même, comme moi, nos bons crus de Saint-Gigotin.

NEUNEU

Vive le vin de Saint-Gigotin !

TOUS

Vive Overlord Mauser !

DUCHÊNE

C'est pourquoi la municipalité toujours consciente de ses devoirs dont le premier est d'assurer au peuple le pain et les jeux qui sont les mamelles de la réjouissance nationale a décidé de rendre hommage à Overlord et de symboliser son triomphe par une érection publique. À cet effet, un socle a été dressé qui porte une œuvre d'art actuellement voilée, mais au préalable que de la découvrir, les chœurs des écoles primaires vont vous interpréter une œuvre de circonstance due à la plume endiablée de notre chef, le capitaine de bateau-lavoir en retraite Célestin Brouillemuche, intitulée *Retour au pays natal* ; à vous chef !

(Applaudissements, la fanfare attaque. Cris : Vive Overlord. Les trois fillettes des écoles s'avancent sur l'estrade et entonnent la chanson, accompagnées par la fanfare. Les assistants reprendront au refrain.)

LES 3 FILLES

Le gai soleil
Clair et vermeil
Vient éclairer les toits de nos demeures
Dans les grands bois
En tapinois
L'oiseau ravi siffle de tout son cœur
De bon matin
Les citoyens
Vont accrocher lanternes et guirlandes
Le cœur en fête
Chacun s'apprête
À se réjouir dans la joie la plus grande

C'est le jour de la Saint-Gigotin
Célébrons le pays du bon vin
Accueillons à bras ouverts
Le grand Overlord Mauser

Grâce à lui parmi le monde entier
Notre nom sera glorifié
C'est un enfant du pays
Qu'il se sente ici chez lui

Roi du bon vin
Saint Gigotin
Accorde-lui ta haute sauvegarde
Saint Gigotin
Saint Gigotin
Oui grâce à toi le monde le regarde
En son honneur
Chantons en chœur
Vive Overlord enfant de ce village
Et ce grand jour
Chantons toujours
C'est à Mauser que nous rendons hommage !

(Reprise par le chœur des six derniers vers – Applaudissements.)

DUCHÊNE

Et après cette talentueuse exhibition, mon cher Overlord, veuillez avancer pour recevoir l'hommage fleuri des enfants du pays…

OVERLORD, *très ému*

Je suis touché ! Je suis très touché ! Messieurs ! C'est trop !

(Les filles s'approchent et lui donnent de gros bouquets.)

Merci, mes enfants.

(Il les embrasse avec un certain plaisir.)

DUCHÊNE

Allons, vieux cochon, ne tripote pas ces innocentes.

(Gros rire.)

OVERLORD

Voyons, voyons, écoute ! Je suis trop ému pour leur faire du mal !

DUCHÊNE

Mesdames et messieurs, je ne veux pas laisser passer l'occasion d'associer à la gloire de cet individu celle de sa charmante fille à qui je vais demander de passer à mes côtés sur l'estrade officielle.

(À Dick :)

N'aie point peur, mon gars, je te la rendrai ! Mes chers concitoyens, vous savez que Camille Mauser a connu, par des méthodes légèrement différentes, un succès dirai-je d'aussi bon aloyau de celui de son papa !... C'est pourquoi maintenant que je vous ai bien tous emmerdés, je vais passer la parole à mon appariteur, qui est saoul comme d'habitude, et qui va tirer sur la ficelle pour dévoiler dans toute sa beauté impérissable l'œuvre majestueuse du grand sculpteur César de Saint Jules d'Arquembourg de Croix-Neuve de la Moulinette, citoyen d'honneur de Saint-Gigotin. Musique !

*(*La Marseillaise *éclate très courte et on voit apparaître la statue de Mauser et de Camille avec banderole : À*

Camille et Overlord Mauser, leur patrie reconnaissante. Applaudissements, cris divers.)

LE MAIRE

Ainsi, immortalisée dans le calcaire de comblanchien, voici l'effigie impérissable des deux glorieux citoyens de Saint-Gigotin à part saint Gigotin lui-même, bien entendu !

NEUNEU

À boire, par pitié ! Ça m'a ému !

CAROLE

Mais oui, mon chéri !

(Elle lui tend un verre.)

CAMILLE

Monsieur le maire, c'est trop gentil, il faut que je vous embrasse.

DUCHÊNE

Ça, avec plaisir !

(Il appelle Dick :)

Venez ici, vous ! Et maintenant, une dernière nouvelle ! Je vous annonce les fiançailles de Camille Mauser avec ce charmant jeune homme.

(Applaudissements.)

NEUNEU

Et alors ! On nous oublie !

CAROLE

Monsieur le maire ! annoncez les nôtres !

CAMILLE

Je vais m'en charger ! Mes amis, la grande vedette Carole Martin est également parmi nous aujourd'hui.

(Applaudissements.)

Je vous signale qu'elle a décidé de se marier à Saint-Gigotin aussi, avec Gaston de Nemours, ici présent !

OVERLORD

Oh ! c'est merveilleux ! tout s'arrange !

(Il embrasse Céleste.)

Je suis ravi.

DUCHÊNE

Eh ben on a assez parlé ! Si on allait boire un peu !

TOUS

Au banquet ! Au banquet !

(On forme une double haie, et, au fond, vont arriver Camille au bras de Dick et Carole au bras de Gaston.)

CHŒUR FINAL

Dernière réplique

DUCHÊNE

À table ! À table ! Je vous invite tous à la mairie !

OVERLORD

Et aujourd'hui ! Pas de régime !

RIDEAU

Goodnight Girls Inc.

A MUSICAL COMEDY[1]
BY
BORIS VIAN

6 bis Cité Véron
Paris 18e
MONtmartre 73 56

1. Cette traduction a été effectuée par Joëlle Lhespitaou, nièce de Boris Vian. Par ses connaissances et surtout son esprit « très Vian », elle a su non pas faire une adaptation, mais bien une traduction se rapprochant au maximum du texte d'origine, car Boris Vian, s'il avait la connaissance de la langue anglaise, écrivait avec sa propre langue, celle que l'on retrouve dans tous ses écrits.

Goodnight Girls Inc.

Judd[1] Smith a young newspaperman of about thirty, is in charge of the "Queen of Hearts" column in "*Heartaces*" a very popular and cardiac magazine. Judd's penname is of course Judith cause everybody knows this lady is the Queen of hearts, and Judith is a mere abbreviation of his real monicker, and this is purely coincidental.

Judith is very bored with his work, an enormous one. Every morning, four big uniformed mailmen bring big baskets of mail into his office, because lots of people have very bad hearts these times, and he is obliged to answer and to give advice, and he has to be here at eight under the control of a supercilious boss, and though everything, including the windows, is in the shape of hearts in his pink hideous hideout, Judith is sad.

Jeanie, a nice young girl, helps him a lot, but only Judith has the inspiration you have to have to write the charming rhyming answers he gives, and he is the rage, just like Page, but bigger.

1. Vian met indifféremment un ou deux *d* au prénom.

Mademoiselle Bonsoir

Judd Smith, jeune journaliste d'environ trente ans, est responsable de la rubrique « Reine de Cœur » au journal *As de cœur*, presse du cœur très populaire. Le nom de plume de Judd est bien sûr Judith, car tout le monde sait que cette dame est la Reine de Cœur, et Judith est une simple abréviation de son vrai pseudonyme, mais ceci n'est qu'une coïncidence[1].

Judith s'ennuie dans son travail qui est énorme. Tous les matins, quatre solides postiers en uniforme apportent de grands paniers de courrier dans son bureau, car beaucoup de gens ont des peines de cœur ces temps-ci, et il doit leur répondre et les conseiller, et il doit être là à 8 heures, sous la direction d'un chef méprisant hautain. Et bien que tout, même les fenêtres, soit en forme de cœur dans son affreuse cachette rose, Judith est triste.

Jeanie, gentille jeune fille, l'aide beaucoup mais Judith est le seul à avoir l'inspiration que vous devez avoir pour rédiger comme lui des réponses pleines de charme et de poésie. (*And he is the rage, just like Page but bigger*[2].)

---

1. Boris Vian se parle à lui-même tout en écrivant son texte. Il s'agit d'un commentaire tout à fait personnel.

2. Personne n'a pu trouver le sens de cette comparaison car il faudrait savoir qui est Page. Alors nous l'avons laissé en anglais.

The very morning the story starts, Judith is sorting the mail and he suddenly picks up from the fourth basket of mail a very long and shy young man whose forehead wears a stamp, obliterated of course. This young man happens to be called Larry, and he gives Judith the sad facts. He wants to speak to the Queen of hearts, but he is too shy; so he mails himself; and he comes to tell her he wants a girl tonight; but now he sees Judith, he knows she's a man, so can you get me a girl? Well, Judith has a definite notion of socking him in the jaw, as a crazy englishman says, but he soon sees that Larry is a mild-mannered boy, just a bit too much of a shy bachelor.

Larry explains that he only wants a girl to come and to sing him a lullaby every night, to tuck him into bed and to depart, the way his Irish mother does when she's alive.

And Judith thinks this is a very pretty scheme, though they don't agree on the type of girl who's the best for general use.

And Jeanie, Judith's assistant, says, well, Jud, I have some savings, why don't we start business, and don't forget my sister who's six feet two, 'cause we'll need a chaperone.

The chaperone part is O.K. with Larry...

So Jud and Jeanie tell Larry, who's a bank accountant working at the National Catcher's Bank, that he may as well come and work with them. Of course, he gets half the money he gets at the Bank, and Larry is very displeased with the whole scheme because now he is a partner in the firm, he is not able to get the girl free.

Au moment où l'histoire commence, Judith ouvre le courrier et tout à coup, il extirpe du quatrième panier un jeune homme, très grand et timide, dont le front porte un timbre, bien sûr oblitéré. Il se trouve que le jeune homme s'appelle Larry et il raconte à Judith la triste réalité. Il voulait parler à la Reine de Cœur, mais, trop timide, il s'est envoyé lui-même par la poste. Pour lui dire qu'il voulait une fille ce soir. Mais maintenant qu'il a vu Judith, il sait que c'est un homme. Alors, pouvez-vous me trouver une fille ?

Eh bien, Judith a la ferme intention de « le poursuivre à la mâchoire[1] », comme l'a dit un cinglé d'Anglais, mais il se rend bien compte que Larry est un garçon aux manières douces, simplement un célibataire timide.

Larry explique qu'il souhaite seulement que la jeune fille lui chante une berceuse chaque soir, le borde dans son lit et s'en aille, comme le faisait sa mère irlandaise quand elle était vivante.

Et Judith trouve que l'idée est charmante, bien qu'ils ne soient pas d'accord sur le genre de fille la mieux adaptée.

Jeanie, l'assistante de Judith, lui dit, Écoute Jud, j'ai quelques économies, lançons notre propre entreprise, et n'oublie pas ma sœur qui mesure 1,85 mètre, car nous aurons besoin d'un chaperon.

L'idée du chaperon convient à Larry.

Et Jud et Jeanie proposent à Larry, qui travaille comme comptable à la National Catcher's Bank, de faire partie de l'entreprise avec eux. Bien sûr, il n'aura que la moitié de ce qu'il gagne à la banque, et Larry est très contrarié par tout ce projet, car une fois partenaire dans l'entreprise, il ne pourra plus avoir la jeune fille gratuitement.

---

1. Lui sauter à la gorge serait mieux, mais Boris Vian aurait sans doute préféré cette traduction presque mot à mot selon « le cinglé d'Anglais ».

And Judith and Jeanie kiss their bloody boss goodbye, which he does not like at all, and they decide to begin a search for the girl, who is not very easy to find.

But first of all, they have the very clever and original idea to rent a trailer near Coney Island and to use it as an office, because Coney Island is quite a likely place to find a girl in, especially because girls love boys, and there are always lots of boys around Coney Island, looking for girls.

So they find a girl who's the consolation prize at a big lottery stand, and they start printing business cards.

The girls is a very pleasant creature, with a body by Fischer and a nice throaty velvety voice. She's called Clementine, just for the hell of it and because it's so UN-romantic.

She has, of course, to go through a series of vocal and pictorial tests, which may account for some nice scenes, and she is, definitely, good, otherwise I'm obliged to stop right now.

But so far, even with the help of the business cards and the big advertising panel, no customers.

Larry has, among his friends, a disc-jockey, and though it shows this boy has had a very bad education, it proves useful, because the girls cuts a record, the Goodnight Girl Theme song, and the D.J. spins it a couple of times and gets at least twenty-three phone calls. It's peanuts, of course, but it helps the morals.

Et donc Judith et Jeanie disent adieu à leur saleté de patron, ce qui ne lui plaît pas du tout, et décident de se mettre à la recherche de la fille, ce qui n'est pas une mince affaire.

Tout d'abord, ils ont une idée originale et maligne, louer un camion près de Coney Island et s'en servir comme bureau. Car Coney Island est un bon endroit pour trouver une fille, surtout parce que les filles aiment les garçons et qu'il y a toujours beaucoup de garçons autour de Coney Island, qui cherchent des filles.

Et ils trouvent une fille qui est le prix de consolation d'une grande loterie, et commencent à imprimer leurs cartes professionnelles.

La fille est une ravissante personne, un corps à la Fischer et une belle voix grave et veloutée. Elle s'appelle Clémentine, juste parce que c'est génial et que c'est tellement NON-romantique[1].

Elle doit bien sûr passer une série de tests de son et d'image, qui peuvent former quelques bonnes scènes, et elle est, définitivement, bonne, sinon je suis obligé de m'arrêter tout de suite[2].

Mais jusqu'à présent, même avec l'aide des cartes professionnelles et du grand panneau publicitaire, pas de client.

Parmi les amis de Larry se trouve un disc-jockey, et bien qu'il soit clair que le garçon a eu une éducation déplorable, il s'avère utile car la fille enregistre un disque, une chanson intitulée « Mlle Bonsoir », et le DJ le fait passer deux ou trois fois et reçoit au moins vingt-trois coups de fil. Ce n'est pas grand-chose bien sûr, mais c'est bon pour le moral.

---

1. Cela amène à penser qu'il s'agit d'une personne très romantique et encore une fois Boris Vian commente dans son texte le fait qu'il ne s'agit pas qu'il cède au romantisme.

2. Commentaire personnel.

And Judith, who's a very astute guy, prepares a complicated campaign.

First, when he leaves "*Heartaces*", he keeps a list of all the poor jerks he tried to stop to pester him when he answers their letters, and this is a long list of desperate souls.

Second, without telling his partners, he gets in touch with a pal of his, a man who's in the advertising business, and as you may see, this guy Jud has not very pleasant companions either, but then you have to help the big business.

This pal of Jud, named Churchill by plain perversity, concocts, together with Jud, a laborious project. They decide to give birth to some artificial ex-pug, name Kyriano, drug-peddler and girls-enslaver in a big way, rich enough to be able to induce Bardot to dress especially for him, in short, some character so corny everybody will love him in the T.V. audiences.

They intend to give some publicity to the deeds of this forged punk, and then, out of the blue, he will ask for exclusive rights on Goodnight Girl number one, Clementine (my, what a name). This will make a nice story for the papers and may get some free space if it catches on, and nobody reads them anyhow.

And, of course, if somebody reads it, it will be Larry and the fuss he will make will be heard miles from Coney.

Well, the G.G. idea is good and the girl too, so, after a slow start, she begins to work a lot and she has various and peculiar experiments, together with Amalia, the chaperone.

Et Judith, qui est un gros malin, prépare une campagne compliquée.

D'abord, en quittant « As de Cœur », il a gardé la liste de tous les pauvres crétins auxquels il répondait pour essayer de les empêcher de le harceler, et la liste de ces âmes désespérées est longue.

Ensuite, sans en parler à ses partenaires, il est rentré en contact avec un de ses potes, un garçon du monde de la publicité, comme vous pouvez le voir, ce type Jud n'a pas des compagnons très sympathiques, mais il faut bien aider le gros business.

Ce copain de Jud, qui s'appelle Churchill par pure perversité, concocte avec lui un projet laborieux. Ils décident de créer un faux boxeur à la retraite, appelé Kyriano, trafiquant de drogue et de filles, de haut niveau, assez riche pour être capable d'amener Bardot à « se mettre sur son trente et un » spécialement pour lui, en bref, un personnage tellement ringard qu'il plairait à tout le monde dans les audiences TV.

Ils ont l'intention de promouvoir les exploits de la crapule de leur invention et ensuite, sans crier gare, il réclamera les droits exclusifs de Mlle Bonsoir Numéro Un, Clémentine (mon Dieu, quel nom…). Tout ceci fera une bonne histoire pour les journaux et pourra donner de l'espace gratuit si ça a du succès, et personne ne les lit de toute façon.

Bien sûr, si quelqu'un les lit, ce sera Larry et le tapage qu'il fera s'entendra à des kilomètres de Coney.

Bon, l'idée de Mlle Bonsoir est excellente et la fille aussi. Aussi, après un lent démarrage, elle commence à travailler beaucoup et vit des expériences variées et singulières, avec Amalia, son chaperon.

And, as soon as that, she appears on Ed Sullivan's show, just like another unknown star, and she gets big fanmail.

Judith and Jeanie begin to look for other girls, because now, they want a full stable of them.

They have a big office in Manhattan, with twelve yellow and green phones ringing full blast, and crazy angels are offering money.

But Judith, who seems to have some grudge against papers, nobody knows exactly why, wants free space by the page and goes on with the Kyriano scheme.

So one day, Clementine is ordered to sing the aforementioned bastard to sleep, and she enters a big room with an iron door like a cell, and a smaller cell in it, because this Kyriano is supposed to be quite sentimental about Daisy, his favourite submachine-gun.

So he sings Daisy to sleep and it rests in the small cage, and Clementine sings him to sleep and he rests in the big cage, and she gets lots of money which Judith has given the man who impersonates Kyriano, of course, and he's lucky this girl is very honest.

And the very next morning, a message is delivered from Kyriano and it says that Clementine has to be under exclusive contract to Mr. Kyriano, otherwise...

Which creates some stir among the fans.

Et bientôt, elle figure dans le spectacle de Ed Sullivan, tout comme une de ces stars inconnues, et elle obtient un énorme courrier de fans.

Judith et Jeanie commencent à rechercher d'autres filles, car maintenant il leur faut une écurie complète.

Ils ont un grand bureau à Manhattan, avec douze téléphones jaune et vert qui sonnent à plein volume, et les anges fous[1] leur offrent de l'argent.

Mais Judith qui semble garder rancune envers la presse – personne ne sait exactement pourquoi – veut de l'espace gratuit et continue à utiliser l'histoire Kyriano.

C'est pourquoi, un jour, on ordonne à Clémentine de chanter pour endormir le salaud mentionné ci-dessus. Elle entre dans une grande chambre avec une porte en fer, comme une cellule, et dans une cellule plus petite à l'intérieur de la première, car ce Kyriano est censé avoir des sentiments pour Daisy, sa mitraillette favorite.

Et donc il chante pour endormir Daisy qui se repose dans la petite cage, et Clémentine chante pour endormir Kyriano qui se repose dans la grande cage. Et elle obtient la plupart de l'argent que Judith a donné à l'homme qui interprète Kyriano, bien sûr, et il a de la chance qu'elle soit très honnête.

Dès le matin suivant, on remet un message de Kyriano qui dit que Clémentine doit être sous contrat exclusif pour M. Kyriano, autrement…

Ce qui crée quelque émoi parmi ses fans.

1. Après recherche, les anges fous ne correspondent à rien dans les manuscrits, peut-être que Boris Vian avait l'idée d'un groupe de doux terroristes menaçant Clémentine.

Well, Judith and Jeanie have been very busy selecting first choice bachelors to test new girls with, and they appear with a selection of eight brilliant young men with glasses, thin torsos and pimples and everything including striped pajamas with abominable colours.

The tests are made, and two more Goodnight girls are recruited.

Larry, who doesn't appear to have a big part, but it is only because he sings all the time, and I won't give the songs here, is extremely mad about the whole business, because HE had the original idea and he feels very frustrated, because he loves Clementine, though she has an awful name, and by now, she is so busy that even with money, he won't be able to get her to lull him to sleep before months; she's even harder to see than My fair Lady.

She likes him a lot of course, but the poor son of a thing is too shy to tell her he loves her, so she waits patiently, like a singing spider, till he finds some guts to ask her would you please come on and knock me one.

Judith et Jeanie ont été très occupés à sélectionner des garçons célibataires de premier choix pour tester les nouvelles filles. Ils se présentent avec une sélection de huit brillants jeunes gens, avec lunettes, torse mince et acné et tout le reste, y compris des pyjamas rayés de couleurs atroces.

On fait les tests et deux Mademoiselles Bonsoir supplémentaires sont recrutées.

Larry, qui n'a pas l'air d'avoir un grand rôle – mais c'est seulement parce qu'il chante tout le temps, et je ne présente pas les chansons ici[1] –, est furieux de tout ce business, car c'est LUI qui a eu l'idée originale et il est extrêmement frustré car il aime Clémentine, malgré son épouvantable nom, et maintenant elle est tellement occupée que même avec de l'argent, il ne pourra pas obtenir qu'elle vienne l'endormir avant des mois ; elle est même plus difficile à voir que *My Fair Lady*[2].

Elle l'aime beaucoup bien sûr, mais le pauvre garçon est trop timide pour lui dire qu'il l'aime, aussi elle attend patiemment, comme une araignée chantante[3], qu'il trouve le courage de lui dire Veux-tu venir SVP et m'en coller une[4].

---

1. Cela ne fait que confirmer que Boris Vian n'a pas eu, pas pris le temps d'écrire les chansons. C'était un gros travail, il ne pouvait être fait que si la pièce intéressait un producteur.

2. Nous avons une indication de date très précise puisque la comédie musicale *My Fair Lady* date de 1956, elle fut inspirée de la pièce de Bernard Shaw et interprétée par Julie Andrew. Il est donc intéressant de voir que Boris Vian a pu saisir, quelques années après, une occasion de voir sa pièce jouée aux États-Unis, ce fut le temps éclair d'une proposition qui ne donna rien.

3. Très imagé…

4. Langage très direct s'il en fut, encore une fois Boris Vian est pressé ; du reste l'écriture est extrêmement rapide et penchée.

And the only kind of guts he finally manages to get helps him to have a very noisy quarrel with Judith and Jeanie, so he leaves Goodnight Girls, Inc., with a heavy and mournful heart and he sends a letter to "*Heartaces*" to get advice. Silly, of course.

Quite soon after he left, because, after all, he is the "jeune premier" of the story, he meets in the street, a small urchin, name Mike, a very clever urchin, age ten, who will help Larry to be a man, because Larry needs somebody very authoritative and manly, and Mike is just that.

So Larry starts a business with Mike, who teaches him some tricks Larry didn't know, and they soon make big money selling extra fins to glue on the rear part of old cars, to make them appear "à la mode".

And while Kyriano fills the papers with his offers to give any sum between two cents and two billions to get Clementine, Larry is growing into a man, rents an apartment, smokes big cigars with Mike and drinks ginger ale.

And he tries to get Clementine to sing him to sleep, because, you know, in spite of all this shyness, he's a bit obstinate and stubborn.

And he gets only Goodnight Girl number twelve, which shows that business is good, and now he has to resort to very devious manoeuvres to be lulled and kissed by Clementine.

Et finalement, le seul courage qu'il arrive à trouver lui vaut une querelle très bruyante avec Judith et Jeanie, et il quitte Mlle Bonsoir Inc. Avec tristesse et le cœur lourd. Et il envoie une lettre à *As de Cœur* pour demander conseil. Stupide, bien sûr.

Presque tout de suite après son départ, puisque somme toute il est le jeune premier de l'histoire, il rencontre dans la rue un petit gamin appelé Mike, un gosse très malin de dix ans, qui va aider Larry à être un homme, car Larry a besoin de quelqu'un de très autoritaire et courageux et Mike est justement tout ça.

Donc Larry commence à travailler avec Mike qui lui apprend quelques astuces qu'il ne connaissait pas, et rapidement ils gagnent beaucoup d'argent en vendant des ailerons supplémentaires à coller à l'arrière de vieilles voitures, pour les rendre « à la mode ».

Et pendant que Kyriano inonde la presse de sa proposition de verser un montant entre deux cents et deux milliards pour avoir Clémentine, Larry devient un homme, loue un appartement, fume des gros cigares avec Mike et boit du ginger ale.

Et il continue à vouloir que Clémentine chante pour l'endormir car, vous savez, malgré toute sa timidité, il est un peu obstiné et têtu.

Mais il n'arrive qu'à avoir Mlle Bonsoir numéro 12, ce qui montre que le commerce va bien, et il doit maintenant recourir à des manœuvres très tortueuses pour que Clémentine l'endorme et l'embrasse.

For instance, one day he induces the Keeper of the Museum to sleep, using a soft sandbag. It's very dark indeed, and the statutes are in the nude against the darkness, and while the music plays, the Venus of Milo or her replica begins a new kind of strip-tease, rolling out her long black gloves till she has arms again, and this will be a lovely ballet sequence.

And Clementine comes, and she kisses him, and then she slaps him in the face, because this girl hates devious manoeuvres though she loves plainly to be kissed by this moronic idiot.

The company is making big business, and Judith starts the big Kyriano kidnapping. Well, Kyriano kidnaps Clementine and he keeps her in a very secluded and empty place, like some bank vault or even a subway station nobody likes anymore,

And Judith is very busy tipping newspapermen and T.V. people while Larry thinks it's real murder and picks a baseball bat, so virile he is now, to go find Clem and rescue her from the cruel claws of dear old Mr Kyriano.

Par exemple, un jour il amène le Gardien du Musée à dormir en se servant d'un sac de sable mou. En fait, il fait très noir et les statues sont dans un clair-obscur[1] et pendant que la musique joue, *La Vénus de Milo* ou sa copie commence un nouveau genre de strip-tease, déroulant ses longs gants noirs jusqu'à ce qu'elle ait de nouveau des bras, et ceci fera une charmante scène de ballet.

Et Clémentine arrive et elle l'embrasse, et puis elle lui donne une gifle, car cette fille déteste les manœuvres tortueuses, alors qu'elle aime simplement se faire embrasser par ce crétin demeuré.

La société fait de gros profits, et Judith déclenche le grand kidnapping Kyriano. En fait, Kyriano kidnappe Clémentine et la retient dans un endroit vide et isolé, comme un coffre de banque ou même une station de métro dont plus personne ne veut.

Et Judith est très occupé à tuyauter la presse et la TV alors que Larry pense qu'il s'agit réellement d'un crime et saisit une batte de base-ball, tellement il se sent viril, et part chercher Clémentine pour la sauver des griffes cruelles de ce cher vieux Kyriano.

1. Il semble qu'il y ait une faute d'orthographe à « statutes », ce qui engendre un jeu de mots, peut-être cela lui a-t-il plu de jouer avec le mot statue et règlement ? Dans une autre version, on peut se rapprocher ainsi du texte en parlant de statues dans un clair-obscur.

Mike tips him, and this is as good a way as another to have Larry to meet Clementine in front of lots of people, and he gives her a big smacking kiss, and they will be very happy together, provided they have no kids, because kids mean trouble. You know it's Mike who told Larry where Clementine was, and the small ape knew it from Judith. A bunch of traitors, all of them but Larry and Clem.

Of course, this is a very short and abbreviated synopsis, but the entire thing is a real nightmare.

END

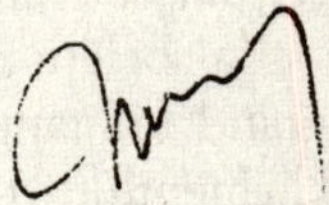

Mike le renseigne et c'est une façon aussi bonne qu'une autre pour que Larry rencontre Clémentine devant une foule de gens, et il lui donne un gros baiser sonore, et ils seront très heureux ensemble, à condition qu'ils n'aient pas d'enfants, car qui dit enfants dit ennuis. Vous vous souvenez que c'est Mike qui a dit à Larry où se trouvait Clémentine, et la petite brute le tenait de Judith. Une bande de traîtres, tous sauf Larry et Clem.

Bien sûr, ceci n'est qu'un très court synopsis abrégé, mais tout l'ensemble est un vrai cauchemar.

FIN

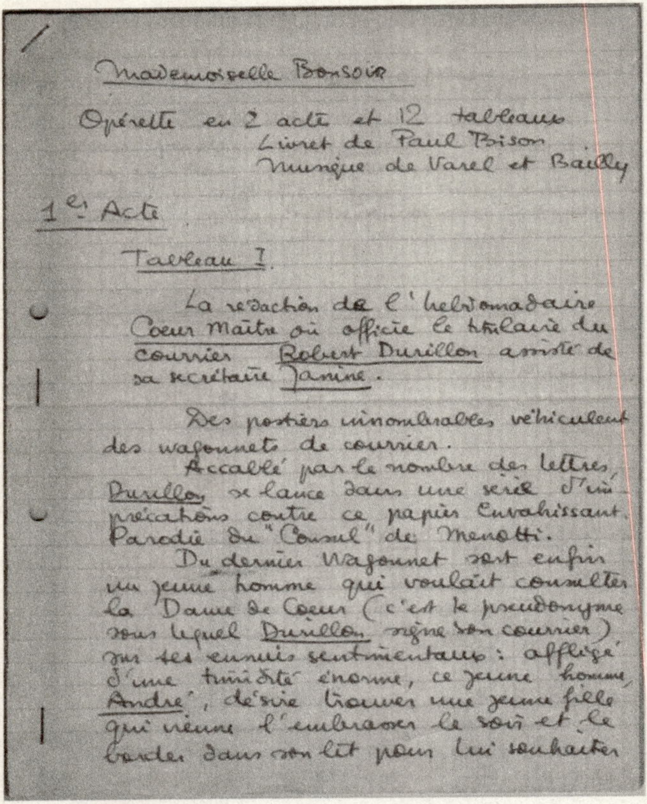

Mademoiselle Bonsoir

Opérette en 2 acte et 12 tableaux
Livret de Paul Bison
Musique de Varel et Bailly

1er Acte

Tableau I.

La rédaction de l'hebdomadaire Coeur Maître où officie le titulaire du courrier Robert Durillon assisté de sa secrétaire Janine.

Des postiers innombrables véhiculent des wagonnets de courrier.

Accablé par le nombre des lettres, Durillon se lance dans une série d'imprécations contre ce papier envahissant. Parodie du "Consul" de Menotti.

Du dernier wagonnet sort enfin un jeune homme qui voulait consulter la Dame de Coeur (c'est le pseudonyme sous lequel Durillon signe son courrier) sur ses ennuis sentimentaux : affligé d'une timidité énorme, ce jeune homme, André, désire trouver une jeune fille qui vienne l'embrasser le soir et le border dans son lit pour lui souhaiter

Une des versions manuscrites de *Mademoiselle Bonsoir*.

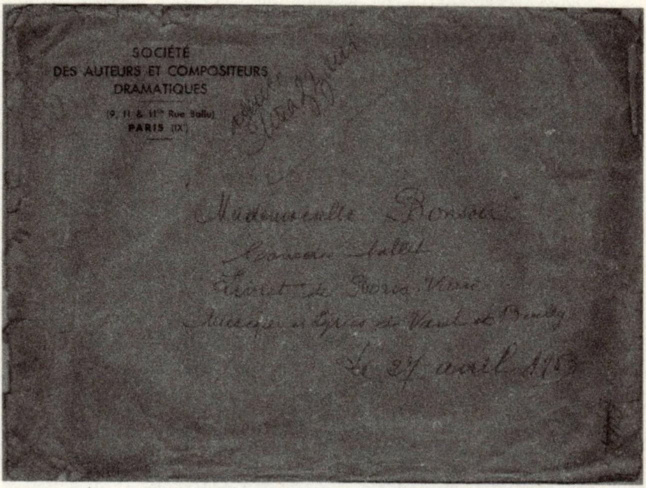

Enveloppe contenant la version ici publiée
de *Mademoiselle Bonsoir*, déposée à la SACD le 27 avril 1953.

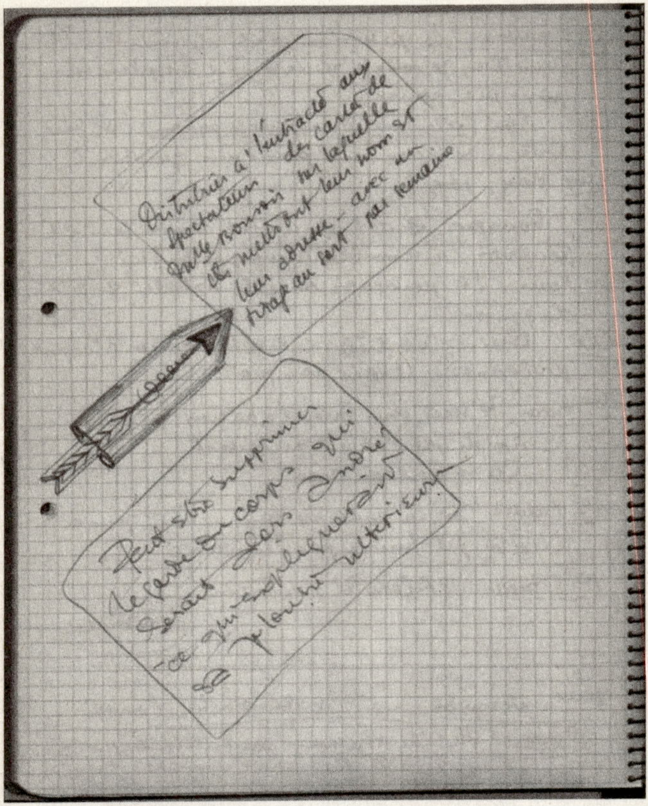

Version prévoyant un entracte et une animation qui se serait située, selon les versions, soit avant le 3e, soit avant le 4e tableau.

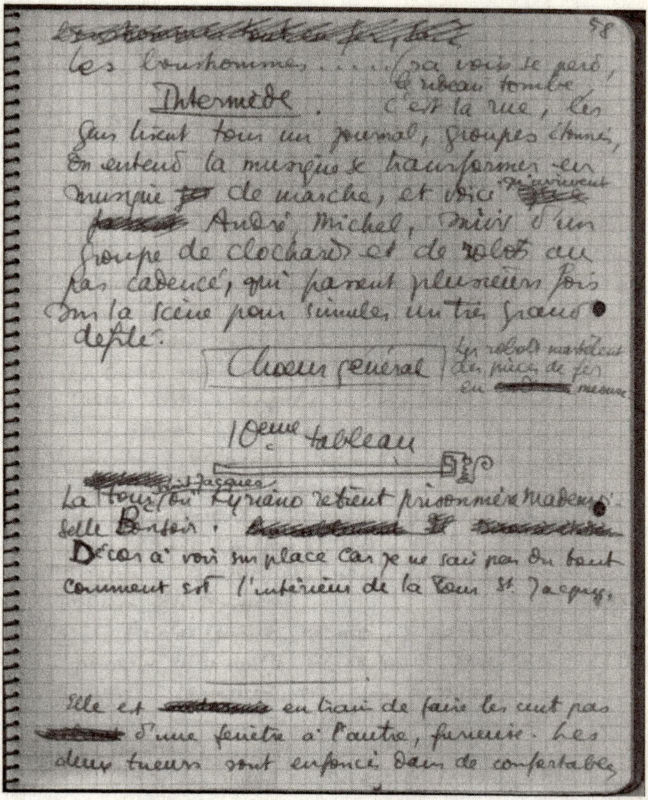

58

les bonshommes ...... sa voix se perd, le rideau tombe,

Intermède. C'est la rue, les gens lisent tous un journal, groupes étonnés, on entend la musique se transformer en musique de marche, et voici arrivent André, Michel, suivi d'un groupe de clochards et de robots au pas cadencé, qui passent plusieurs fois sur la scène pour simuler un très grand défilé.

Choeur général

Les robots martèlent des pièces de fer en mesure

10ème tableau

La tour St Jacques où Tyriano retient prisonnière mademoiselle Bonsoir.

Décor à voir sur place car je ne sais pas du tout comment est l'intérieur de la Tour St Jacques.

Elle est en train de faire les cent pas d'une fenêtre à l'autre, furieuse. Les deux tueurs sont enfoncés dans de confortables

Version prévoyant un autre intermède qui serait placé entre les 8e et 9e tableaux.

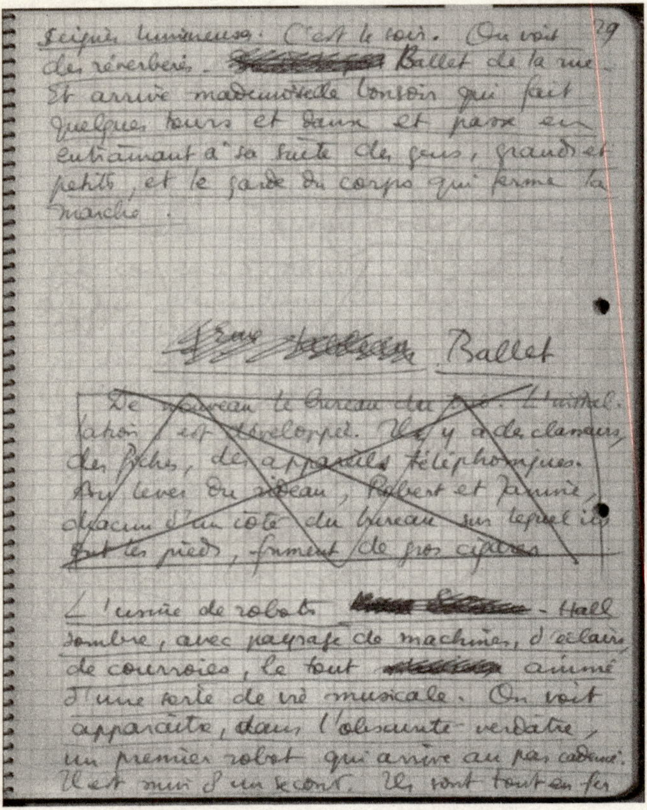
Enseignes lumineuses. C'est le soir. On voit 29
des réverbères. Ballet de la rue.
Et arrive mademoiselle Bonsoir qui fait
quelques tours et danse et passe en
entraînant à sa suite des gens, grands et
petits, et le garde du corps qui ferme la
marche.

Ballet

~~De nouveau le bureau du P.D.G. L'installation est développée. Il y a des claviers, des fiches, des appareils téléphoniques. Au lever du rideau, Robert et Jeannine, chacun d'un côté du bureau sur lequel ils ont les pieds, fument de gros cigares.~~

L'usine de robots - Hall
sombre, avec paysage de machines, d'éclairs,
de courroies, le tout animé
d'une sorte de vie musicale. On voit
apparaître, dans l'obscurité verdâtre,
un premier robot qui arrive au pas cadencé.
Il est suivi d'un second. Ils sont tout en fer

Un robot étoile (page suivante) mène le ballet des robots dans le 5e tableau de *Mademoiselle Bonsoir*.

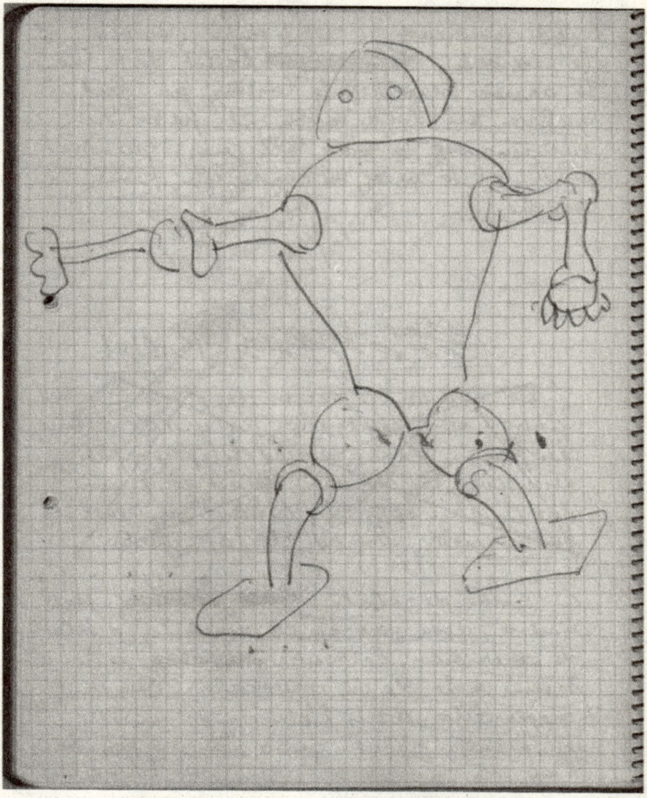

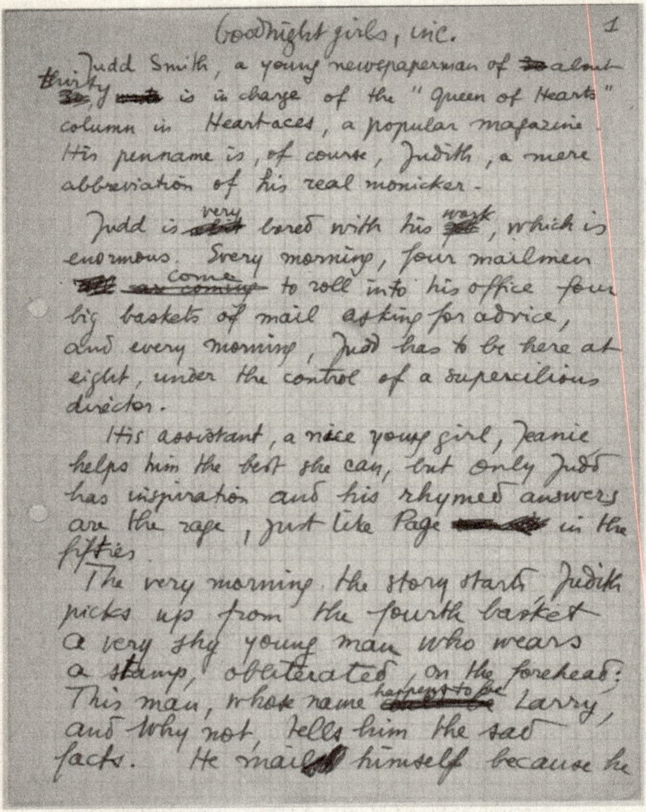

Goodnight girls, inc. 1

Judd Smith, a young newspaperman of about thirty, is in charge of the "Queen of Hearts" column in Heartaces, a popular magazine. His penname is, of course, Judith, a mere abbreviation of his real monicker.

Judd is very bored with his work, which is enormous. Every morning, four mailmen come to roll into his office four big baskets of mail asking for advice, and every morning, Judd has to be here at eight, under the control of a supercilious director.

His assistant, a nice young girl, Jeanie helps him the best she can, but only Judd has inspiration and his rhymed answers are the rage, just like Page in the fifties.

The very morning the story starts Judith picks up from the fourth basket a very shy young man who wears a stamp, obliterated, on the forehead: This man, whose name happens to be Larry, and why not, tells him the sad facts. He mailed himself because he

Première page du manuscrit de l'adaptation anglaise de *Mademoiselle Bonsoir*, *Goodnight Girls, Inc.*, écrite par Boris Vian.

HOMMAGE

L'édition de ces inédits est dédiée à la fille de Boris Vian, Carole, trop tôt disparue.

En souvenir de la fratrie chère à l'auteur, Lélio, Alain et Ninon.

Ursula VIAN KÜBLER – d'DÉÉ – Nicole BERTOLT.

REMERCIEMENTS

Nous remercions Joëlle Lhespitaou, nièce de Boris Vian, qui, à notre demande, a effectué la traduction du résumé de la comédie musicale *Mademoiselle Bonsoir*; elle l'a fait avec tout l'esprit propre à la famille.

Nous souhaitons également remercier notre éditeur en les personnes de Cécile Boyer-Runge et Caroline Mathieu qui, non seulement, ont accepté avec enthousiasme le projet de publication mais soutiennent, depuis des années, les autres ouvrages de Boris Vian.

Ursula VIAN KÜBLER – d'DÉÉ – Nicole BERTOLT.

De la part de Oncle Ourse et Oncle d'Déé, un clin d'œil à Jessica et à Enzio, témoins de la naissance éditoriale de *Mademoiselle Bonsoir* et de *La Reine des garces*.

Table

Composition réalisée par ASIATYPE

Achevé d'imprimer en Espagne en octobre 2009 par
LITOGRAFIA ROSÉS S.A.
08850 Gavá
Dépôt légal 1re publication : octobre 2009
Librairie Générale Française – 31, rue de Fleurus
75278 Paris Cedex 06

31/2897/2